ハッピーアワー

happy hour

松崎運之助
Matsuzaki Michinosuke

ひとなる書房
HITONARU
SHOBO

装幀／山田道弘
装画／おのでらえいこ

まえがき

ハッピーアワー。

このことばと初めて出会ったのは十数年前、初めてヨーロッパ旅行へ行ったときである。

一日の観光を終えた夕方、バスを降りて川沿いの道を、宿舎に向かって歩いていた。川沿いの道では、散歩している人、バイオリンの練習をしている人、ベンチで本を読んでいる人、それぞれがゆったりマイペースで過ごしていた。

仕事は定時で切り上げてサッサと帰る。あとはたっぷり自分や家族の時間として使う。こちらの人たちのライフスタイルである。

宿舎へ続く路地の曲がり角に、古びた煉瓦造りの小さな酒場があった。壁にはツタの葉がびっしりとからまっていた。

地元の人たちがたまり場にしているらしく、半開きのドアから、人のざわめきや談笑の声が聞こえてきた。楽しそうである。

その店先の椅子に、黒板が立てかけてあった。黒板には赤いチョークで大きく〝HAPPY HOUR〟と書いてある。

「何がハッピーなんですか」と、いっしょに歩いていた添乗員さんに聞いてみた。

「これは夕方の割引のことです。仕事帰りのちょいと一杯を、安く提供するというわけですね」

なるほど、仕事で疲れたカラダだ。ちょいと一杯はこたえられないだろう。しかも、お代は割引、気楽な仲間もいる。これは確かにハッピーアワーだ。

人には仕事上の肩書きや役割がある。家での親とか夫とかの役割もある。ここでは、そういう役割をはずして、自分自身でいいわけだ。

自分が自分でいられる場所があるということは、幸せなことである。そこで気楽な仲間と過ごすひとときは、文字通りハッピーアワーと言えるだろう。

ハッピーアワーは、幸せな時間。もちろんそれは、酒場だけにあるのではない。人の歩みの折々や日々の生活の中に、さりげなくあるものだ。

ところが近ごろの日本では、その幸せな時間がつぶされている。毎日報道される陰惨な事件。いのちはモノみたいに粗末に扱われる。数や力による横暴がまかり通る。いつも人と比べられ、自分の気持ちを抑えつける。漠然とした不安と欲求不満をかかえ、追い立てられるように日々を過ごしている。何かにダマサレているような気がしてならない。

大人も子どもも、自分が自分になれる時間がたっぷりと必要だ。自分そのままでＯＫな時間。ぽーっとできる時間。喜怒哀楽にひたれる時間。自分をみつめる時間。雑談に浮遊する時間。無心に遊ぶ時間……。

私は子どものころ、どぶ川沿いのバラック小屋に住んでいた。日暮れになると弟妹と手をつないで、二つ先の橋のたもとまで、日雇い帰りの母を迎えに行った。

母は疲れているにもかかわらず、私たちを眺めのいい場所に連れて行ってくれた。そこで、子どもたちは我先に今日一日のことを話した。

母はまっすぐなまなざしで、私たちの話を聞いてくれた。そして母もうれしそうに話をしてくれた。私たちは、母がそばにいるだけで幸せだった。母は、私たち子どもがいるからがんばれると言っていた。

街には明かりがきらめいていた。

これは子ども時分の私のハッピーアワーである。貧窮きわまった生活ではあったが、母と子の間には真っ青な青空が広がっていた。あの青空が今も私を励ましてくれる。生き方が不器用でも、のろのろとした歩みでも、お金がなくても、この今の今を、いっしょにいる今を、幸せと感じあえるならば、それはどんな場所でも、すばらしいハッピーアワーだと思うのである。

私はこれまでにたくさんの人と出会い、生きるための励ましをいただいてきた。江田島、長崎のバラック小屋、造船所や町工場、定時制高校、夜間大学、東京下町の夜間中学、「路地裏」という小さな集い、各地の講演先、子育ての日々などで、ともに語り合い、歳月を歩いてきた人たちである。

出会った人たちの多くは、社会の片隅でさまざまな矛盾や不合理を受けながら生活をされていた。しかし生きることに誠実で、心やさしく人情篤い、仲間思いの人たちだった。

その人たちの深いまなざしや言葉を通して、私は私の道を振り返り、ともに生きている今を実感し、明日への勇気をいただいた。振り返れば、その人たちと集い、すごした時間はとても幸せだった。この出会いや励ましを、私の思い出のなかだけにとどめておくのはもったいない、という思いもあってこの本を書いた。

縁あって本書を手にされたあなたには、この本とともにゆったりとハッピーな時間をすごしてほしい。そのハッピーな気持ちが、あなたの日々の暮らしや人とのつながりの彩りになってもらえれば、著者としてこれほどうれしいことはない。

ハッピーアワー

Contents

もくじ

二章　どぶ川のぬくもり　67

三章　はぐくむいのち　117

四章　教室のあかり 165

冬

happy hour 第1章

たのしい寄り道

親子で放浪

ふらりふらふら

私は放浪が好きだ。どこかをふらり歩き回りたいと慢性的に思っている。出かけたいところは漠然としている。空の果て、山のかなた、路地の向こう、どこでもよいのだ。野良猫があくびをしている石段の街、人気のないナントカ銀座通り、雑然とした市場、みどりの田舎道、お地蔵さん、遠くに連なる山々、ぽっかり浮かんだ白い雲、青い海、浜昼顔の咲く砂浜、群れ飛ぶカモメ、夕焼けに染まる漁村……。

「ああ、どこへでも行ったネ。寒くなれば南で過ごし、桜の花とともに北にあがってくる。渡り鳥だよ、金のない渡り鳥。ビンボー鳥。でも、金のあるヤツは飛べないもんネ。金が重くて身動きできないんだよ。カワイソーだけど」

ホームレスだったジローさんの放浪話に、私はいつも引き込まれる。

「陽が昇ると起きて、陽が沈むと寝る。昼はてくてく歩く。歩くと進むからネ。疲れたら土手に寝っ転がって空を見ている。飽きないネ。毎日、はじめて見る土地だから……」

こんな話を聞いていると気持ちがウキウキする。そりゃ、野宿、路上生活は、死と隣り合わせの厳しい現実がある。世間の目も冷たい。寝ているとモノを投げつけられたりもする。しかし危険と引き替えに、束縛からの自由がある。風の吹くまま、気の向くまま、である。

私はジローさんみたいにすべてを捨てる勇気もないし、ジローさんみたいな放浪をやってみようとは思わない。たんなるあこがれである。制約が多い生活の中で、せめて放浪のイメージをふくらませることで満足しているのである。

放浪にあこがれるのは、生まれつきの境遇からくるものだろう。生まれてすぐに引き揚げという難民状態の放浪をした。日本に帰ってきても小学校を卒業するころまで、各地を転々としていた。放浪生活のなかで育ったようなものである。

青年期はもちろん、結婚しても、夏になると放浪の気持ちが高ぶって、ふらり旅に出ていた。子どもが生まれても、子どもといっしょに行き先を決めないテント旅行をしていた。

子どもは一つ違いの男の子二人であるが、二人が保育園児だったころから放浪の旅をしていた。軽自動車に米と水を積み込んで出発するのである。行き先は決めない。束縛されたくないので、ガイドブックも地図も時計も持っていかない。

行き当たりばったりを楽しむ。何か不都合が起きたら、その時点で親子で対応を考えればいいサ、という気楽な旅である。

風呂に入れない日が何日あっても、その状態を楽しむ。人間、風呂に入らないぐらいで死にはしない、と親子で笑い飛ばすのである。

街を通るときに銭湯へ立ち寄り、何日間のアカを流してサッパリすることもある。湯上がりは、水道水をコップにたっぷりついで、親子で豪快に飲む。子どもは保育園児なのに、飲むたびにウイ〜などと言っている。

放浪の旅では、アルコールや清涼飲料水のたぐいはいっさい飲まない。ひたすら水である。山の湧水、川の水、井戸の水、キャンプ場の水、水道水。飲み続けていると、子どもたちにも水の味がわかってきて、「ここのはおいしい」などと言っていた。時にお腹をこわすこともあったが、それも貴重な経験である。

キャンプ場があれば、そこを利用した。キャンプ場がない場合は、日が暮れかかった場所にテントを張った。原っぱだったり、林だったり、川や海のそばだったり、朽ち果てた神社の境内だったりした。こんな場所でのキャンプは、ほとんど親子で肝試しをやっているようなものである。

「クマ出没注意」の看板があったりするのだ。キャーとかギャーとか、ケモノの鳴き声が聞こえてくると、二人の子どもは私にしがみついてくる。私だって心細いが、ここは平静を装って「おサ~ルさ~んだよ。お父さんがいるから心配ないよ~」と陽気に説明してあげる。でも声は震えていたかも知れない。

テントの入り口近くにヘビがいたことがある。毒ヘビでないことは確かなのだが、またいで通る勇気はない。私が手を叩いたり、地面を足でドスンドスンしたが動かない。フンといった感じである。子どもが「ヘビさん、ヘビさん、お願いですから、そこをどいてください」と言ったら、なんとヘビが迷惑そうにのそのそと動きだした。子どもは喜んで「ありがとう」と言っていた。ヘビに耳はないはずなのに、不思議な出来事だった。

明かりを消すとテントの中はまっくらになる。ほんとうの闇である。その闇に木の葉のざわめきだけが不気味に響く。そのうえだんだん冷えてくる。そんなときは三人でおしくらまんじゅうをやる。テントがゆさゆさ揺れるほどじゃれあってからだを温め、ストンと寝る。

テントが張れない場所、市街地などでは公園の駐車場などに車を止めて、車の中で寝た。

北陸の静かな住宅地で日暮れになったときのこと。トイレと手洗いのある小さな公園のそばに車を止めて寝た。朝、車をドンドンたたく音で目がさめた。見ると、日焼けしたおばあさんが車の中をのぞき込んで叫んでいた。

「ちょっと、あんたー、だいじょうぶかい！　あんた！」

早朝散歩をしていたおばあさん、公園で薄汚れた見慣れぬ車を発見した。不審に思ってのぞいてみたら、親子が倒れている。スワ「親子心中！」と思ったらしい。勘違いとわかって大笑いをした。

そのおばあさん、私たちが公園を出発する頃、スイカを抱えて戻ってきた。そして私にスイカを渡しながらきっぱりと言った。

「どんなことがあっても、命をそまつにしなさんな。いいかい、今がどしゃぶりでも、必ず晴れる。あんたにはかわいい子どもがいるんだから」

まだ半分は疑っているみたいだった。でも私は素直な気持ちで「ハイ」と返事をした。お礼を言って発車したが、とてもあたたかい気持ちになった。かわいい子どものために生き抜こう、と心からそう思った。

おばあさんは、車が路地を曲がるまで手を振ってくれた。子どもたちもずっと手をふっていた。人間っていいなあ、とこみあげてくるものがあった。

古新聞に感謝

この放浪の旅に出ると私たちは、衣・食・住・遊のすべてを自分たちで考え、作っていかなければならない。困難にあうと乗り越えるための知恵を親子で出し合う。私は三十代半ば、子どもは小学生。親子ではあるが、旅のあいだは、同行三人、助けたり助けられたりの日々となる。

まずその日寝る場所を決め、テントを張る。シート一枚で、大地と接して寝る。ひんやりとした土や草の感触、ゆるやかな凸凹や傾斜が一枚のシートを通して伝わってくる。この土と一体化したような感じが、都会の喧噪《けんそう》が染みこんでいる私の体に不思議な安息を与えてくれる。まさに母なる大地である。

時には雷鳴とどろき、強風でテントがユラユラ揺れることもある。突然の雨がたたきつけるように降ることもある。水量が増してテントが水に浮いたこともある。

自然の脅威はハンパじゃない。これはサッシに囲まれた家のなかでは体験できない。ディズニーランドのなんとかマウンテンでもかなわない迫力がある。私たちは固まって、脅威が去るのを待つのである。

いつもヤマほど持っていく古新聞には、ずいぶん助けてもらった。キャンプ生活ならではである。重ね着しても寒い夜、古新聞を服の下にまとった。ゴワゴワするし寝返りするとガサガサうるさいが、保温性は抜群である。新聞紙をまとうと温かくなって、ぐっすり寝込んだものである。

昨夜来の雨も上がり、青空が広がっている朝。テントを張っている野原では、草花が水滴をキラキラ輝かしていた。近くの森からは小鳥の鳴き声がにぎやかに聞こえてきた。空気はすがすがしい。さあ、朝ごはんだといっせいに準備に取りかかった。

子どもは石を運んでカマドを作る。森に入ってタキギにする小枝をひろってくる。私は渓流に下りていって、飯ごうの米をとぎ、水を汲み、トマトとキュウリとジャガイモを洗ってくる。テントにもどると子どもが、「マッチが使えない」と泣きそうな声で言う。昨夜の雨でマッチが湿気ってしまったのだ。

非常用にカセットコンロを持参してはいたが、すでにガスは使い切っていたので役にたたない。近辺に、店や人家らしきものは見あたらない。他人に頼れないのである。さあ、困った。どうしよう。〝ごはんが炊けない〟となると、三人とも急にお腹がすいてきた。

車を走らせて、どこかの町までマッチさがしに出かけるか。それともテントを撤去して、あてのない店をさがし食糧を調達するか。あれこれ思案していると、兄の方が「いい方法がある!」と、テントの中にもぐり込んだ。そして自分のリュックサックを外に出し、なにやらゴソゴソ探しはじめた。

「あった!」と叫んで、手にしたのは観察用に持ってきていた虫メガネだった。これで火をつける、というのだ。弟に新聞紙を持ってきてもらい、その印刷されている大きな黒い字にレンズの焦点を合わせてじっとしていた。弟はそばで、「おにいちゃん、がんばれ!」と声援を送っている。

兄は一つのことを淡々とやり続ける職人タイプ。弟は、社交的でお祭り男。家では二人はいつもいっしょで、時々ケンカをしながらも仲良しである。

やがて新聞紙の黒いところから、薄い煙がゆらめき、ぼっと炎があがった。火がついたのである。「やった、やった!」と、子どもは飛び上がって喜んだ。私もメチャメチャ感激した。涙がこぼれそうになった。太陽の光が炎に変わる。それを子どもがやってのけた。私はそんなことはまったく頭になかった。店に行くことばかり考えていた。

虫メガネで火をおこすなんて、どこで覚えたのだろう。聞いてみたら、「学童クラブ」という。放課後通っている「学童クラブ」で、火おこしにトライしたことがあったそうだ。石と石を叩きつけたり、木をこすったり、レンズを使ったりしたそうだ。おもしろかったよ、と言う。その体験が今に生きている。

兄は、ねじった新聞紙に火を移し、それに小枝をのせて、火を少しずつ大きくしっかりしたものにしていく。火の番は兄の仕事である。「学童の先生がね、生まれた火はしっかり育てないとかわいそう、って言ってた」そんなことを言いながら火に集中している。そばで弟はお尻ふりふりふり、はやり歌を歌っている。時々、思い出したように小枝を兄に渡していた。

私は、火の番は子どもにまかせて、ごはんが炊きあがるまで古新聞を広げて読んでいた。本や雑誌、マンガなどいっさい持ってきてないので、活字中毒の私には古新聞が格好の娯楽になるのである。

テントを張り、水を汲み、カマドを作り、火をおこす。湧き水を飲み、野草を摘む。

木に登り、川や海で遊ぶ。古新聞を有効に使う。人間の原始的な生活に親子でどっぷりつかれるぜいたく、心からハッピーと思うのである。

お金がない！

親子の放浪旅は、子どもが中学校を卒業するまでの十数年間続けた。とにかく夏になると子どもも私も放浪の虫が騒ぎだす。そして、ドキドキワクワクしながら出発の日を迎えるのである。

放浪の期間が一番長かったのは、兄が八歳、弟七歳の夏休みである。二十一日間、三週間をかけて海沿いをのんびりとさまよっていた。妻は仕事のつごうで残留、愛犬チロ子も妻の話し相手をかねて留守番をしていた。

私たちが乗っていた軽自動車にはエアコンがついていないので、窓を全開にして走った。炎天下を何時間も走るので、私も子どもも汗びっしょりになる。また片方のドアの締まりが悪いので針金で固定している。それが、時間がたつとガタガタ音をたて始める。この音と、ふき出る汗で、いよいよ放浪の旅に出たんだと実感する。何時までにどこかへ着かなければならない、というコトはない。気が向いたところで車をとめて、ゆっくりすればいい。なんならそこにテントを張って泊まってもいい。気にいれば何日いてもいい。特に気をひくものがなければ、そのまま走って日が暮れたところでテントを張ればいい、そんな感じで旅を続けていた。

川のそばの原っぱを今晩の宿泊地に決めたことがあった。ドーム式テントの組み立てを子どもに頼んだ。子どもは二人がかりならテントの組み立てができるようになっていた。私は夕食用の材料を買いに車で出かけた。

日暮れの道を十分ほど走って、見当を付けていた農協の出張所に着いた。ところが出張所には、「本日休業」の張り紙。通りすがりにちらりと見て、後で買いに来ようと思った店だったが、まさか休みとは思ってもみなかった。さて、どうするか。お腹の虫はグーグー鳴いている。

私が出張所から戻ると、二人は完成したテントの前に座ってニコニコしている。それぞれの手におむすびを持っている。聞くと、テントを組み立てていたら、軽トラックで通りかかった農家のおじいさんとおばあさんがやってきて、いろいろ話しかけてきたそうだ。

「どこからきたの?」「あっちからー」、「どこへ行くの?」「ずっと遠く」、「ごはんは?」「まあだ、おなかすいた」と言ったら、ちょっと待ってなさいと言って、家へ帰り、おむすびを作ってきてくれたそうである。

「お父さんのもあるよ」とラップに包んだ丸いおむすびを渡してくれた。おむすびの横にたくわんが三切れ添えてあった。ありがたかった。あたたかいみそ汁を作って、いっしょにいただいた。

＊

出発して八日目に、佐世保から五島列島にフェリーで渡った。五島へ行きたい、これは三人の願いであった。五島のきれいな海で泳ぎたい。釣りをしたい。ウニを獲りたい。地獄だきウドン食べたい。きびなご食べたい。かんころもち食べたい。

私たち放浪親子の夢を乗せてフェリーは、五島の有川という港に着いた。これまではずっと質素な食事だったので、五島では子どもたちの好きなものを食べさせようと思っていた。そのためにはまずお金と、地元銀行のＡＴＭへ行った。ところが私の都市銀行キャッシュカードでは引き出せなかった。この当時、まだ提携ができていなかったのだ。これは大変なショックだった。フェリーの切符を往復買ったので、手元にお金は千円しか残っていなかった。しかし五島でお金を引き出せると思っていたので、まったく気にしていなかったのである。

とにかく五島滞在の四日間を、親子三人千円で過ごさなければならない。頭の中が真っ白になってしまった。帰る日を繰り上げようとフェリーの窓口へ相談したら、帰りの船はすべて予約で満席になっていた。町営のキャンプ場は無料だったので、とりあえずそこにテントを張って、落ち着いて善後策を考えることにした。

子どもたちにもこの危機的状況を話した。この時点で、地獄だきウドン、きびなご、かんころもち、が消えた。釣りも、道具を買うお金がきびしい。とにかく一日二百五十円で過ごさなければならない。唯一の救いは家から積んできた米が少し残っていたことである。

子どもも状況の深刻さがわかったようだ。「ぼくたち、お金をさがしてくる」と、二人でキャンプ場近くの海水浴場へ駆けて行った。私はとりあえず、今日、明日の献立を考えることにした。

あこがれの五島に来たのだから、いくらお金がなくても食事はにぎやかで楽しいものにしたい。今日の夜は海の幸がたっぷり入った海賊鍋。明日は、子どもが好きなカレーライス。朝はやっぱり食パンと牛乳とサラダで、昼はおむすび、または焼きイモ。果物も何かほしい。

そう考えて試しに材料費を計算してみると、とんでもない。今日、明日の分だけで、すぐに千円を突破してしまう。絶望的である。さあ、困った。そこへ子どもたちが帰ってきた。一円も落ちていなかったそうである。

でも子どもたちはメゲない。「今度は自動車の中だ!」と、走り出した。そして何と、十円玉を一個、五円玉を一個、一円玉を二個の十七円も、見つけてきたのである。子どもの執念である。座席シートの横にあった、足乗せマットの下にあった、などと二人は興奮気味に話していた。

十七円見つけたとハシャいでいる子どもたちを見て、めいっていた私の気持ちも明るくなった。そうだ、お金がなくても子どもがいる。子どもといっしょに、お金がない状況を楽しめばいいのだ。そのための放浪なのだ。私はたいせつなことを忘れていた。

十七円発見を祝って三人でシャンシャン手締めをした。それから意気揚々と買い出しに出かけた。頭であれこれ考えて不安がるより、店で物や値段を見て考えるほうが具体的で楽しい。それに店はクーラーが利いている。この炎天下、タダで涼める夢のような場所なのだ。

豊かな海で

私たち親子は小さなスーパーに入った。店の半分が洗剤やシャンプーなどの日用雑貨売場だった。食品売場には、魚の刺身やサザエ、ウニなどを売っていた。鮮度キラキラのきびなごは皿盛り二百円で売っていた。信じられないくらい安い。だけど買えない。私たちは小さなため息をついて、野菜のほうへ行った。

そこで目を引いたのは、大きな大根である。長さが五十センチぐらいか。葉っぱもたっぷりついている。持ってみるとずっしり重い。これで百円。心が動く。

値下げのコーナーに、ニンジン、タマネギ、トマトなどが、それぞれひと袋五十円で売っていた。小ぶりな二個が入っている。キズがついたものやツブレかかったものもあるが、食べるにはまったく問題ないそうだ。これも心が動いた。

それ以上に、私たち親子の目をくぎづけにしたものがある。それは雑貨の棚にぶら下がっていた釣り道具セットだ。ビニール袋に、釣りイト、釣りバリ、オモリ、ウキなどが一セット入って、百円である。子どもたちは魚釣りが大好きだ。しかも、ここ五島はきれいな海にたくさんの魚が泳いでいる。

釣りをしたい。でも、百円はキビシイ。口をへの字にしてガマンしている子どもたち。その姿がいじらしくて、つい「よし、釣り道具セットを買うぞ！」と宣言してしまった。子どもは一瞬ポカンとしていたが、そのあと喜び爆発、跳びはねていた。

子どもに必要なものは、まず遊びだ。遊びたりて礼節を知るのだ。と、私も気合いが入って、買い出しは中断、車で堤防に魚釣りに行くことにした。磯場付近でエサになるゴカイをとってから、堤防へ向かった。

子どもは釣りイトが一本しかないので、釣る順番をジャンケンで決めることにしたらしい。「十回勝負！」なんて気の遠くなるようなジャンケンをやっていた。釣りは子どもにまかせて、私は車で磯場のほうへもどった。今夜の海賊鍋の材料さがしである。車で海水パンツをはき、水中メガネをつけて海に入った。

白い砂地にエメラルドグリーンの海。人見知りをしない小魚が足にぶつかってくる。少し沖に出て、からだ仰向けで波に漂ってみた。気持ちいい！　波はゆったりとやさしく、空は吸いこまれそうに青い。静かである。かすかに海鳥の鳴き声が聞こえる。私は「遊泳」ということばを、なつかしく思い出していた。

私が子どものころの夏休み、長崎港の入り口にある島が、子ども専用の遊泳場になっていた。指導の大人たちは、子どもに「遊泳」を教えた。まず波と戯れて遊ぶ。それから水に浮いたり、立ったままで泳いだり、潜ったりする方法を教えていくのである。遊泳場で私は、人と競うスピードではなく、波と調和することを学んだ。そのことに今も感謝している。

さて、それから私は磯場で潜って、ムラサキウニやトコブシや三角ミナなどを収穫した。それからアオサやヒジキも採集した。まあまあの出来で堤防へ向かった。

堤防に着くと、子どものそばで地元の中学生らしい男の子が、何やら叫んでいた。うちの子どもたちは、おびえたように立ちすくんでいる。近づくと、中学生は履いていたサンダルの片方を手に持ち、それを地面に叩きつけていた。

地面を見ると毒性の強いゴンズイという魚がいた。子どもがゴンズイを釣り上げたらしい。近くにいた中学生が「アブナイ！　さわるとアブナイ！」と叫んだので、子どもはびっくりして魚を放り投げたのだ、という。そのゴンズイを中学生がサンダルで叩いていたのだ。

ゴンズイはさわると危険なので、けっきょく、イトを切り、そのイトを持って海に放り込んだ。中学生にお礼を言うと照れたような顔で、言葉少なに自分の釣り場へもどっていった。たった一本しかない釣りバリはゴンズイとともに海の中へと消えた。子どもたちの釣りもここまでである。かわいそうだがしかたがない。

ところが、じつは子どもたちは大健闘だったのだ。バケツの中を見ると、手のひらサイズのアジが二匹、小さなカワハギが三匹泳いでいる。百円のオモチャ釣り具で、これはスゴイ。文句なしの大漁である。子どもたちも満足げだった。

気分上々で、帰りにもう一度スーパーに寄った。先ほどの大根や値下げ野菜（ニンジン、タマネギ、トマト）、食パン、牛乳などをイッキに買った。残り四百円になったが、もう先のことは気にならなくなっていた。子どもといっしょだとナントカナル、という気持ちになってきたのである。

ということで、五島での最初の夕食は海賊鍋である。アジ、カワハギ、トコブシ、三角ミナと海草類をいっしょに煮込み、そこへ、大根、ニンジン、タマネギ、大根の葉を入れて、うっすらミソ味をつける。

大根、ニンジンの皮はせん切りにしてキンピラにする。ウニは殻を二つに割っただけ。トマトは輪切りにして大根サラダに添える。これに、ほかほかのごはん。

海の見えるところまで料理を運び、父と子の豪華なディナーの始まりである。今日一日のアクシデントに話がはずむ。問題はいつも予期せぬところで起こるものだ。起こった問題にどう折り合いをつけ、その時どきをいかに過ごしていくか。今回はいい経験になった。アクシデントにも、子どもにも、感謝である。

あたりは暮色を深めている。あかね色をかすかに残す水平線には、漁火のほのめきが見えはじめる。この光景のなかに親子でいられる幸せを思う。

「あっ、からすうりの花だ！」

子どもが歓声をあげた。指さす草むらに、真っ白い五弁の花がレースの飾りをつけて咲いていた。

いのちの輝き

夏休みの親子放浪旅は、子どもが小学校の高学年や中学生になるとそれぞれのスケジュール調整が難しくなってきた。そこで期間を十日間ぐらいに短縮し、一ヶ所滞在型に変更した。軽自動車でテント生活というスタイルは同じである。

その年は、八月の上旬に能登半島に行った。輪島の袖ヶ浦キャンプ場にテントを張って、奥能登の夏をのんびりと楽しもうという計画である。

能登での初日の朝、まず行ったのは有名な朝市。海の幸、山の幸の出店がずらり軒を並べていた。その数三百以上。観光の名所になっているためか、市場の通路はたくさんの人でごったがえし、まっすぐには歩けない状態になっていた。たいへんな盛況である。

私が感心したのは、出店のおばあさんたちの元気の良さである。朝市はすっかり観光化されて素朴さが消えつつある、という声を聞いたことがある。それでも、出店のおばあさんたちと言葉を交わして歩いていると、元気がこちらに乗り移ってくるようで、うれしくなる。

朝市から少し離れた路地のかどで、リヤカーに積んだ魚をさばいているおばあさんがいた。近所の人たちの注文に応じて、その場で魚をおろしているのだ。朝日にキラキラ輝く魚。おばあさんと近所の人たちとの弾むような会話。水一滴も使わない庖丁さばき。親子でうっとり見とれてしまった。

私も子どもたちも魚が大好物である。おばあさんの庖丁さばきにつられて、三人分の刺身を注文した。おばあさんは笑顔でアジやイカをおろしてくれた。大きなパックに山盛りの新鮮な刺身。それで代金は千円。感動的な安さだった。

おばあさんに「泊っているのはどこ?」と聞かれたので、キャンプ場にテントを張って泊まっている。これから島へ渡るのだと答えた。するとおばあさんは、それじゃ、夕方五時ごろ、魚市場のそばのうちの倉庫にきなさい。魚は冷蔵庫に入れておくから。あなたたちが顔を出したら、その場で刺身にしてあげるよ。そのほうがおいしく食べられるから、と言う。

いま刺身にしてもらったものは、どうなるのだろう。心配になって聞いてみた。すると、この先、三軒とまわらないうちに売れてしまうよ、と笑いとばすのである。

いやあ、びっくりした。「人情味あふれる」が能登観光の枕詞だが、いまさらながら輪島のおばあさんのやさしさ、ふところの深さに感じいったのである。

輪島に活力をあたえているのは、おばあさんたちである。七十歳、八十歳の元気なかけ声、売り声が、朝日にきらめいている。

「長生きは、いのちの芸術だ」と、何かの本で読んだことがある。輪島の朝、いのちの芸術のすばらしさを堪能した。

舳倉島《へぐら》は、輪島の北四十八キロの海上にある。周囲六キロ、最高部十二メートルの小さく平たい島で、岩礁に囲まれている。

夏季に輪島市海士町《あま》全体が島渡りして、アワビや海草類を採る海女の島として有名である。もっとも近年は年間を通じて島に住み、漁をおこなう傾向にあるそうだ。

この島へは、一日一回、午前九時に輪島からの定期船が出ていた。片道の所要時間は一時間半。舳倉島から輪島へも一日一回、午後三時に出港していた。私たち親子は、おむすびと水筒を持って乗船した。

島へ向かう途中、飛び魚が船と競争するようにジャンプしはじめた。なかには無謀なのか、失敗なのかわからないが、甲板に飛び込んでくるのもいた。そこで迷句を一つ。

海青く船に飛びこむ能登のアゴ
（アゴとは、飛び魚のこと）

船が港に入ると、岸壁には子どもたちがたくさん待っていた。家族を迎えにきた子。荷物を受取りにきた子。なんとなく遊びにきた子。どの子も日焼けしてまっ黒である。そのなかの一人が、人なつっこい笑顔で私たちに話しかけてきた。

「どこから来たの？」
「どこへ行くの？」
「なにしに来たの？」

小学校三、四年生ぐらいか。私たちが返事をしていると、同じような年頃の子が二人やってきた。それから三人は楽しくてしかたないといった感じで、私たちのあとをずっとついてきた。

屋根に石をたくさんのせた小屋の前で、三人は立ち止まった。そして手のひらをヒラヒラさせながらバイバイと言うと、私たちにくるりと背を向けて、港のほうへ駆けていった。

私たちは磯づたいに、島をまわった。透きとおった海の青さが美しい。名も知らぬ小さな花が太陽にむかって咲いていた。

磯場の突端の海では、ウェットスーツを着た海女さんたちが潜っていた。ウニやサザエをとっているのか、海面から顔を出すと、浮かべている桶になにか入れている。

磯辺の砂地には淡紅色のハマヒルガオが群生していた。その向こうは真っ青な海、そして白い雲を浮かべた空。海女さんに動きはあるが、夢のように静かな昼下がりである。

島を一周して港にもどると、子どもたちがイカ釣り船の上から後ろ向きで海に飛び込んで遊んでいた。なかには後ろ向きで一回転して飛び込む者もいた。真っ黒に日焼けした体を太陽にきらめかせながら、子どもたちは飛び魚になっていた。

私たちはしばらくの間、見物していた。島には娯楽施設はなにもない。プールとか海水浴場もない。店もない。自動販売機も見かけない。島の子どもたちにとって、港は唯一の遊び場であり、社交場なのだろう。

自然以外はなにもない豊かさ。私は、しらずに「我は海の子」の歌を口づさんでいた。

のちに、かってオリンピックの水泳で大活躍した山中　毅が、この舳倉島の出身だったことを知った。「フジヤマのトビウオ」と言われた人である。

子どもの幸せ

カンタロウ！

一時期、〝北風小僧の寒太郎〟という歌がはやっていた。♪北風小僧の寒太郎、今年も町までやってきた、ヒューンヒューン、ヒュルルンルンルンルン……♪という歌である。

私の住んでいる町では、冬になるとこの歌が、路地から路地になり響く。

♪冬でござんす、ヒュルルルルルルン♪

灯油販売車のスピーカーから流れるのであるが、毎年のことなので、この曲が聞こえると、ああ、もう冬なのだなあ、という気になったものである。

北関東地方の冬は、「からっ風」が吹き荒れる。雪や氷雨を日本海側に降らせたあとの乾いた寒風が、山越えをしてやってくる。だから、空っぽの風、〝空っ風〟である。

群馬県の「からっ風」は、〝カカア天下とからっ風〟と、名物にあげられるほど有名である。場所によって、〝赤城おろし〟〝榛名おろし〟などと呼ばれている。

その〝榛名おろし〟が吹きつける保育園での話。「からっ風」の日の散歩は、三歳の園児たちも先生も気後れがちになる。そこで先生が一計を案じた。

外はからっ風。散歩の時間が近づくと、先生は、〝北風小僧の寒太郎〟の曲を流し、みんなで歌うことにしている。そして、頃合いを見計らって、園児たちに、「カンタロウに会いに行こう！」と声をかける。

園児たちは、「行こう、行こう」と大きな声で反応する。そして「北風小僧のカンタロウ！」「カンタロウ！」と叫びながら、「からっ風」のなかを、カンタロウを捜して歩く。

「あっちで、なんか言っている！」と、駆け出す子がいる。カンタロウを見つけると、赤いほっぺで、口々に先生に報告にくる。

「あそこの葉っぱ、クルクルしているから、カンタロウと遊んでいるよ」

「公園のブランコのところにいた！」

「川の水の上を走っている！」

「佐藤さんの畑に、いっぱいいいるよ」

ひとしきり、カンタロウ捜しに熱中してから、からっ風のなかを園にもどるそうだ。聞いている私まで、カンタロウに会いに行きたくなるような、すてきな「からっ風」散歩の話だった。

「からっ風」は見えない。見えないけれど、確かに「いる」と、子どもは感じることができる。だから見えないカンタロウを捜して歩けるし、見つけることができるのだ。子どもには何にでも共感できる力が備わっている。それは神秘的ですらあるが、大人たちもかつてはみんな持っていたものである。

それを大多数の大人たちは慌ただしい日々のなかで、すり減らしてしまった。残念なことである。すり減らしたものを復元するために、過去へもどることはできない。

でも幸いなことに、私たちのまわりには子どもがいる。その子どもと、いっしょに歩かせてもらうことによって、その感性を追体験することはできるだろう。もちろんその前提に、子どもという感性的存在への畏敬の念が必要である。

自慢の弁当

東京の下町にある幼稚園に出かけた。子育て支援の講演依頼があったからである。駅からその幼稚園までの道には、アパートやマンション、コンビニ、日用雑貨の小さな商店、古紙回収や作業服販売の店、町工場などが並んでいた。さらに進むと古い木造住宅が密集していた。その路地の奥に目ざす幼稚園はあった。赤い屋根の園舎、その白壁にキリンやゾウやクマやリスやウサギの絵が、にぎやかに跳ねている。

私は三十人ぐらいの保護者の方に、「心が育つとき」と題して話をした。

親がそばにいるというだけで、幼い子の心はどれだけ安定しているか。親のまなざし、親の語り、親が読んでくれる絵本、それが幼い心への豊かな栄養になる。

そんなことを私の母の思い出とともに話した。

会が終わったあと、園長先生が園内を案内してくださった。さくら組、すみれ組と、教室も廊下から見てまわった。外国人の子どももいた。ちょうど、お昼ごはんの時間、どの教室も準備でにぎやかだった。

年長さんの教室の前を通りかかったとき、なかから男の子が笑顔で私を呼ぶ。ここにおいでよ、としきりに手招きする。

その笑顔につられ、園長先生と担任の先生の許可を得て教室に入った。その子は待ちきれないといったふうで、早く、早くと私を呼ぶ。そばに行くと彼は、自分の弁当を見せてくれた。

「お母さんが作ってくれたんだよ。ぼくのはおいしいよ！」

こぼれるような笑顔である。

自慢の弁当には、私からみるとチマチマしたものがいっぱいつまっていた。私の記憶にある大ざっぱでダイナミックな弁当とは大違いである。

品数が多い。彩りも豊かである。お母さん大変だっただろうな、と思った。でも、おいしそうである。

「おいしそうだなあ。いいなあ。おじさんも食べたいなあ！」

私が言うと、その子はくしゃくしゃの笑顔になった。すると、となりにいた男の子が、

「おじさん、ぼくの弁当も見てよ。ぼくのもお母さんが作ったんだよ。おいしいよ！」

と弁当をつきだした。

見るとその弁当もチマチマしたものが、いっぱいつまっている。しかし、おいしそうである。

「これも、いいなあ。おいしそうだなあ。食べたいなあ！」

私は感嘆の声をあげた。ところが、それからが大変なことになった。

「私のも見て！」、「ぼくのも！」、「こっちへ来て！」、あっちから、こっちから声がかかるのである。「見て！　見て！」コールである。けっきょく、みんなの弁当を見てまわることになった。予想外の展開である。

みんなが大声で私を呼んでいるなかに、一人だけ消えそうな男の子がいた。腺病質な感じの子である。手を胸のあたりでパタパタさせて、泣きそうな顔で私を呼んでいる。

ほんとうは呼びたくなかったのかもしれない。しかし、みんなが私を呼ぶ、そんな流れになってしまったので、やむなく私を呼んでいる、そんなふうであった。

みんなの弁当を見て、その子だけ見ないわけにはいかなくなった。中途半端ではあるが、手招きしてくれているので、彼のそばへ向かった。途中で園長先生が耳打ちしてくださった。

「あの子は、お父さんに育てられている子ですよ」

その子は、私に弁当を見せてくれなかった。かわりに手に握りしめていた小さなミカンを見せてくれた。

「うあ！　おいしそうなミカン！」

私は声をあげた。その子は泣き出しそうな顔で私に言った。

「おじちゃん、ミカン見ててね」

そして手のひらでミカンをくるりと回した。すると、なんとそのミカンの皮にマジックインキでニコニコ顔が描いてあったのだ。それをこの子はたいせつに握りしめていた。

ミカンは忙しいお父さんが、デザートとして持たせたのだろう。でも、それだけでは心もとないと思ったのだろう。わざわざマジックインキでニコニコ顔を描いてくれた。

お父さんのこの感性に、胸打たれた。慌ただしい毎日。何かと苦労や制約の多い毎日。そのなかで可能な限り子への思いを表現しているお父さん。すばらしいなあ、と思った。

「すてきなお父さんだね」

私が父親をほめると、その子ははにかんだ笑顔を見せてくれた。そして、弁当をあけてくれたのである。

子どもの隠れ家

群馬県の保育園で、こんな話を聞いたことがある。園庭での自由遊びのとき、一人でメソメソしていた四歳の男の子の姿が見えなくなったという。気がついた保育士さんは、あわてて園内を探しまわったのだが、どこにも見当たらない。

心配していると、その子は園舎の床下からひょっこり顔を出した。園舎の床下にもぐりこんでいたのだ。床下は彼にとって秘密の隠れ家だったのだろう、と保育士さんは笑った。そのことを聞いた男の園長さんも床下にもぐった。そして床下をきれいに清掃して出てきた。床下にもぐりたくなった子どもたちがケガをしないように、と考えてのことだそうである。

隠れ家で思い出すことがある。私の子どもが児童館にある学童クラブに通っていたころ、児童館の裏に雑草が生い茂った原っぱがあった。そこに男の子たちは秘密の基地を作っていた。秘密といっても指導員の先生は知っていたので、学童クラブでは周知の秘密である。その原っぱの雑草のなかに、拾い集めた廃材で囲いをつくり、畳半分くらいのスペースに新聞紙をしきつめる。そこに仲良し三人が入るのだという。押しくらまんじゅう状態になるだろうが、それがまた楽しいらしい

作る過程も楽しい。秘密を共有するのも楽しい。そのころ子どもは学校の話はそっちのけで、秘密基地のことばかりを興奮気味に話していた。二十年前の話である。

今、その原っぱには食品工場が建ち、周囲はブロック塀で囲われている。廃材が散乱していた広場は整備され、遊具の並んだ公園となり、ボール遊び禁止の立て札が立っている。

休日や祝日は、郊外の大型ショッピングセンターで親と一日をすごす子どもたちが増

えてきた。ある休日、買い物に飽きた子どもが二人、大型の買い物カートの下にもぐりこんでじゃれあっていた。親からは何度もしかられていた。やがて親の目から離れて、階段の踊り場付近でじゃんけんゲームを始めた。キャッキャ笑いあいながら遊んでいる。そのそばを大人たちが迷惑そうな急ぎ足で通りすぎていく。

ほんらい子どもはどんな環境の下でも自分の居心地を求め、大人の思惑と関係なく居場所を探していくものなのだろう。子どもには子どもにしかわからない、その時どきの楽しみがあり、哀しみがあるのだと思う。

雨の日の午後。所用で立ち寄った学童クラブでは、異なった年齢の子どもたちが思い思いに時をすごしていた。奇声をあげている子。指導員にぺったりくっついている子。寝そべって宿題をしている子。お尻ふりふり踊っている子。古新聞や雑誌が束ねておいてある場所にもぐりこんで、笑いころげている子。

まさに雑然とした活気に満ち、子どもが生徒の顔でなく、子どもの顔になっていた。その雰囲気は学校がとうの昔に失ってしまったものである。原っぱも広場も消えてしまったが、学童クラブは子どもたちにとっての原っぱであり、広場なのだろう。そのなかに秘密の基地も隠れ家も息づいているように思えた。

お帰りなさい！

学校が終わって、学童クラブにやってくる子どもたちを指導員の先生たちは、「お帰りなさい！」と笑顔で迎えてくれる。私はこの言葉が大好きだ。

この「お帰りなさい！」のひと言で、気持ちがなごんだり、元気づけられる子どもたちはたくさんいると思う。

子どもたちは今、学校や家庭で、さまざまなストレスや悩みや不安を抱えながら生活している。「お帰りなさい」と、まるごとの自分を迎えてもらえる幸せは何物にもかえがたいものではないだろうか。

そのぬくもりを持って、家に帰る。小学生のこんな作文を読んだ。

「ただいま」といえにはいります。だれもいないので、じぶんで「おかえり」とへんじをします。でんきをつけて、かぎをしめて、テレビをつけます。こわいのでテレビの音は大きくします。

六時半ぐらいになると、お母さんがかえってきます。おかあさんの「ただいま！」というこえをきくと、ほっとします。

げんかんへはしっていって、大きなこえで「おかえりなさい」といいます。


しかし、お母さんもきびしい仕事をしてきている。疲れ果てて帰ってくることもある。仕事から帰ってきたお母さんが、疲れた顔をしていたので、その子は学童クラブで作った花のレイをお母さんの首にかけてあげた。


「とてもよくにあいますよ。ご感想をどうぞ」とふざけて言ったら、お母さんは笑いだし、「まるでハワイの王女様になったようです」と、手をひらひらさせて踊るまねをしました。

私も、うれしくなって笑いました。やっぱりお母さんは笑っているほうがいいと思いました。

日ごろ、何気なくかわされるあいさつ、言葉のやりとりのなかで、子どもも大人も、それぞれに励ましを得て成長しているのだと思う。

私が小学三年生のとき、母は朝早くから日雇い仕事に出かけていた。帰ってくるのは、日が暮れてからだ。私は母の帰りを待ちきれなくて、幼い弟、妹の手を引いて、橋のそばの街灯の下で、子ども三人で影踏みあそびをしながら、母を待った。

やがて向こうの角から母が姿を現すと、私たちは歓声をあげて走っていき、そして、母を押したりひっぱったり、母の前になったり、後になったりしながら、三人が口々に言う。「お帰りなさい！」

この時、この瞬間が、どれだけ幸せだったことか。

「お帰りなさい」という言葉に、私は今でも、ほのかななつかしさと、幸せを感じる。

路地の遊び

たそがれの子どもたち

その年の夏の暑さは格別だった。九州育ちで比較的夏に強い私だったが、連日の猛暑に暑さを呪う言葉ばかりをつぶやいていた。ずるずると持ち越していた作業が一段落ついたので、逃げるように列車に乗り、高原近くの山あいの町に出かけた。

列車から降りると、まだ日差しは強かったが、清涼な風がからだを包んでくれた。

夕方、近くの町に住む友人がホテルに車でやってきた。ドライブを兼ねて町はずれの名物そば屋へ案内してくれるというのだ。西の空がほんのりあかね色になり始めていた。車窓から見える道路も田んぼも小川も、うっすら黄金色である。

「この時刻のことを、俺たちンとこでは〝すずめ色〟と言うんだ。すずめ色のころは、交通事故が多いんだ。車も人も見えにくくなるからね。だから、すずめ色には気をつけろ、って……」

となり町の公民館に勤める友人は、いつもの通りのあけっぴろげな大声で説明してくれた。

突然、音楽が流れてきた。〝夕焼け小焼け〟の曲である。

何か物売りトラックのスピーカーからか、と思ったら、友人が町役場の有線放送だと教えてくれた。

曲とともに、やさしい女性の声が呼びかける。

「午後六時になりました。よい子のみなさんはおうちに帰りましょう」

もう東京近郊では、おなじみの「お帰り催促放送」であった。それが、こんな静かな山あいの町に、こだまするように響いているのである。

この放送を聞き、遊びを中断して帰途につく子どもたちがいるだろうか。だいたい、この時間に遊びに熱中できる幸せな子どもたちが、今どきどれくらい存在するのだろうか。

東京近郊の公園や路地で、子どもたちが遊ぶ姿はめっきり少なくなった。子どもたちの放課後は、スポーツクラブや塾、受験勉強や習い事に埋めつくされている。その隙間の時間に、子どもたちは独り部屋にこもって、テレビゲーム、パソコン、携帯電話などで遊んでいるのだ。

どうせ放送をするんだったら、「午後六時になりました。よい子のみなさん、家の外に出て深呼吸をしましょう。少し散歩をしましょう」と呼びかけたらどうだろう。

私がこう言うと、友人は大声で笑いながら、いや、子どもよりまず親たちに呼びかけるべきだ、と言った。「午後六時になりました。家族の幸せのために、親はおうちに帰りましょう」とね。

遊びの想像力

友人も私も、昭和二十年生まれである。私たちの子ども時代は、どんなであったか。そば屋に着いた二人は、昭和三十年ごろを思い出し、語り合った。

あのころ、路地も原っぱも公園も、子どもたちの声がはじけていた。ドブ川も廃屋になった倉庫も、墓地さえも、格好の遊び場であった。どちらかと言えば、大人たちが、汚いだとか不潔だという場所が、最高に楽しい遊び場になっていた。

カンけり、クギ倒し、コマ回し、ベーゴマ、ビー玉、カード（メンコ）、草野球、かくれんぼ、悪漢・探偵……。すべて複数、または集団の遊びであった。遊ぶ人数や場所によって、多種多様な遊びが提案され、遊びのルールは状況に応じて変化した。

石投げ、という遊びがあった。路上にロウ石で大きく円を描き、その中心から傘を開いたように、放射状に線を引き、そこに行き先を書く。

ハナちゃんの家、郵便ポスト、駄菓子屋、神社のコマ犬、梅の湯、鉄工場のゴミ箱、石橋……。行き先のなかには、必ずとんでもなく遠い所も書いておく。

そして少し離れたところに線を引き、そこから円に向かって石を投げ入れる。石の入ったところが、自分の行き先となる。全員の行き先が決まると、「ヨーイ、ドン」で駆け出し、目的地にタッチして、早くもどったほうが勝ちである。

遠い場所にあたると、泣きたい気持ちをがまんして走っていった。走り疲れて、一人ぼっちでとぼとぼと歩いていると、もどっても、みんなはいないのではないか、という仲間はずれの不安も襲ってくる。

遠い場所に一人で行くという心細さ、仲間とはずれた孤独や不安、これは石投げ遊びでみんなが体験した。だから孤独や不安に対する想像力を、遊びながらみんなが共有していったのである。

現在も問題になっている学校での「いじめ」は、弱い者、異質な者をターゲットにして、多数で排除するという、陰湿なものだ。

これは異年齢を含む雑多な集団による戸外での遊びがなくなったこともその一因であると思う。遊びによって仲間からはずされた孤独や不安を疑似体験する機会もなく、そのことに対する想像力が育っていないからとも考えられないだろうか。

主役と悪役

チャンバラ遊びもよくやった。

棒切れや木の枝、ものさしなどを刀にして、ベルトにはさみ、振り回して遊んだ。相手を斬ると、斬られ役は、「やられたー」といって、大げさに倒れなければならない。斬ったほうは、これまた大げさにポーズをきめなければならない。

主役（斬る役）、悪役（斬られ役）は、交代でやる。主役の悪を退治しポーズをきめる快感と、斬られて倒れる悪役のみじめさの両方を、みんなが経験した。

当時、このチャンバラ遊びに影響を与えたのが、ラジオの連続放送時代劇「赤銅鈴之助」だった。夕方六時、この放送が始まる時刻になると、広場や路地の子どもたちは一目散に家に帰った。

父の形見の「赤銅」をつけた少年剣士が、母を尋ねて武者修行の旅に出る。行く先々で、悪人によって何度も危機におちいるが、最後は得意の「真空斬り」で退治するという連続ドラマである。

♪親はいないが元気な笑顔
　弱い人には味方する♪
♪つらい時にも勇気を出して
　正しいことをやりとおす♪

そんな少年剣士だから、〝がんばれ頼むぞ、ぼくらの仲間、赤銅鈴之助〟と、声援を送ったのである。

私は、戦争が終わった年の十一月、引き揚げで大混乱の「満州」で生まれた。生まれた地、通化の通の字をとって「通之助（みちのすけ）」と名づけられた。ところが戦後のどさくさで戸籍には「運之助」と誤記されてしまった。

以来、運之助を用いているが、学童期、私はこの名前が大嫌いだった。時代がかっているし、「運」の字がついているので、悪ガキたちから、〝ウンチ〟とか〝ウンコロ〟とか呼ばれたからだ。

ところが、「赤銅鈴之助」が放送され、子どもたちを熱狂させるようになって、状況は変わった。私の時代がかった名前がカッコいいとなったのだ。チャンバラ遊びのとき、私は、「赤銅みちのすけだ」と叫んでいた。「鈴之助」の「すけ」が、「介」でなく、私の名前と同じ「助」だったのが、密かな自慢でもあった。

赤銅鈴之助は『少年画報』というマンガ雑誌に連載されていた。『少年画報』は『冒険王』とともに、子どもたちに絶大な人気があったマンガ雑誌である。しかし、親たちには嫌われていた。マンガは悪である、という偏見が強かったからだ。

当時、親が認め、よい子が読むよい雑誌とされていたのは小学館の学習雑誌であった。『小学一年生』『小学二年生』、各学年ごとに出ている。確かに教科書的で、上品そのものであるが、路地裏や原っぱを走り回っていた私たちは魅力を感じなかった。

正義の味方

やがてテレビの時代を迎え、月光仮面が登場してきた。月光仮面は、昭和三十三年二月に始まった国産テレビ映画第一号作品である。

♪月光仮面のオジさんは、正義の味方よ、良い人よ♪

と、子どもたちは歌う。子どもたちのあこがれのヒーローは少年剣士から、月よりの使者のオジさんに変わった。

頭に白い三日月のついたターバンを巻いた月光仮面は、オートバイにまたがり、白いマントに、白いマフラーなびかせて、時速二十キロのスピードで登場してくる。そして、どくろ仮面やサタンのツメ、大怪獣マンモス・コングなどの悪を退治する。この白いマントと白いマフラーに、子どもたちはしびれた。やがて風呂敷を覆面にしたり、マントにしたりした、チビっ子月光仮面が路地のあちらこちらに出現した。

そして、悪を退治に路地から路地へと走り回っていた。その際の悪役はたいてい野良猫や野良犬であった。とにかくチビッコ月光仮面にとっては、街全体が活躍の場であり、晴れの舞台であった。

月光仮面とともに、テレビが生み出した偉大なヒーローはプロレスラーの力道山である。その強さに、大人も子どもも陶酔し、熱狂的に応援した。

敵は覆面のミスター・アトミック、殺人鬼・ブラッシーなどの外国人レスラーである。彼らは試合中に目つぶしを使う。覆面やトランクスに隠した凶器で、力道山の額を割る。噛みついて血だらけにする。そして、非難する観客席へ向かって、吠えるような大声で威嚇《いかく》する。

一方の力道山は、悪役レスラーの卑怯な攻撃に、血を流しヒザをつき、歯をくいしばって耐える。そしてガマンにガマンを重ねて、ついに怒りを爆発させる。鮮やかな空手チョップの連打。悪役レスラーはたまらずギブアップする。

あの瞬間の、胸がスカッとなる思いに日本中が酔った。正義の強さに酔った。リング中央で仁王立ちになる力道山の勇姿。悪役外国人レスラーは、憎々しげに退場するのである。

「あのころは、正義は正義として、悪は悪としての存在感があったなあ」と、友人が遠くを見るまなざしで言う。私も同感である。ヒーローにも子どもの遊びにも、善悪、喜怒哀楽のメリハリがあった。だから物がなくても、貧しくとも、毎日が輝くドラマだったのだ。

happy hour 第2章

どぶ川のぬくもり

いのちの重さ

引き揚げ

寄り道のことを、道草という。「道草を食う」から出た言葉である。道草は雑草、どんな厳しい環境でもたくましく育つ草である。その道草を食べて、牛も馬もいのちをながらえてきた。

人もたくさんの道草でいのちを育み、感性を豊かにしてきた。私は、私の道草に思いを馳せた。あの日、あの時、私はどんな道草を食っていたのだろうか。何を考え、何を支えに歩いていたのだろうか。

一九四六年秋、私たち家族は原爆で焦土と化した広島の瓦礫《がれき》の道を、港へと急いでいた。

私たち家族はその年の十月に、大混乱の満洲から引き揚げ船に乗り、広島県の大竹に引き揚げてきた。そして、住む場所を求めて母の実家のある佐賀へ行ったが、そこには私たち家族が住めるスペースはまったくなかった。

母がかつて住んでいた長崎は、原爆で焼け野原になっていると聞いていたので、行くわけにはいかない。途方にくれた父母が考えついたのは、広島県の江田島に住む古本さんを頼ることである。

古本さんは、満洲の難民収容所で知り合って以来、日本に引き揚げるまでずっと苦難を共にしてきた人であった。

引き揚げ船から上陸し大竹で別れるときに、古本さんが「住むところがなかったら、私たちの田舎に来なさいね。一家族ぐらい住める余地はあるから」と言ってくれたこと。そして住所を教えてくれたことを思い出したからである。広島県江田島切串、これが古本さんの住所であった。

私たち家族は江田島切串で、五年を過ごした。古本さんやご近所の人たちにたいへんお世話になった。しかし、私たち家族は長崎へ引っ越していった。父の女性関係のトラブルが原因であった。

切串の人たちは素朴であたたかい。よそ者の私たち家族を、じつに大らかな目で見ていてくれた。だから江田島からの離島は、母にとって、まさに後ろ髪をひかれるような、無念の思いであっただろう。

長崎で生活をはじめてからも、母は切串の思い出をよく話してくれた。それは、どれもこれも楽しい話だった。

母からいつも聞いていた江田島の切串である。私は一度訪ねて、古本さんにお会いしたい。お会いして、お世話になったお礼を言いたいと、ずっと思っていた。

でも名前は古本さんとしかわからないし、住所もわからない。私は連絡の取りようがないまま日々をやりすごしてきたのである。

それが実現したのは、広島市で中学校の先生をしている角崎祐美さんのおかげである。広島市での教育研究集会で講演した際、この広島での江田島切串の古本さんにたいへんお世話になったことを話した。

角崎さんはその集会に参加していた。講演が終わったあと、私のところへやってきて、「切串の古本さんは、私の親戚筋にあたります」と、話してくれたのだ。角崎さんの父親が、古本さんと兄弟関係にあると言う。

「みちえさん」、私は唯一覚えていた古本さんの子どもの名前を思い出した。一九四五年十一月、引き揚げの大混乱の満洲で私は生まれた。その数ヵ月前に私の兄が栄養失調で死んでいる。一歳の誕生日、目前であった。

子を亡くして悲しみのどん底にいる母に、「死んだいのちはもうもどってこないけど、いま息づいているいのちを大事に」と、まわりの人は励ました。そして生まれたのが私である。

緊迫した逃避行のさなかでの出産、それがいかにいのちがけの大仕事であったか、今の私にはとてもよくわかる。

私の名前は、生まれた地、通化の「通」の字をとり、「通之助（みちのすけ）」となった。これが本名で、現在使っている「運之助」は戸籍の間違いによるものである。奥地の難民収容所から苦労を共にしてきた古本さんにも女の赤ちゃんが生まれた。名前は、私と同じように通化の「通」の字をつけて「通枝（みちえ）」さんとなったそうだ。

母がよく話していたので、私は広島という地名から、江田島切串、古本さん、通枝さん、とつなげて覚えていた。だから、行ったこともない、会ったこともない、江田島切串や、古本さん、通枝さん、という呼称に親しみを感じていたのである。

とにかく角崎さんの骨折りで、江田島を訪ね古本さんと会えることになった。通枝さんもご健在で、今は結婚して千葉に住んでおられることもわかった。

ああ江田島

二〇〇〇年十一月、角崎さんの案内で、私は初めて江田島の切串を訪ねた。五十五歳であった。私たち家族が島を離れて五十年の歳月が流れていた。

連絡船が港に着くと、古本さんやそのご家族の方々、家を貸していただきお世話になった下野さんと親戚の方々、近所にお住まいの方々など、たくさんの方に迎えていただいた。恐縮しきっている私に、角崎さんは手短かに一人ひとりを紹介してくださった。船着き場の待合室の二階が軽食喫茶店になっており、そこで顔合わせをしていただいた。どの方のまなざしもあたたかく、なつかしい実家に帰ってきたような感慨につつまれた。

古本さんはかなり年配になっていて、長女の大松牧子さんがお世話をしていた。牧子さんは長年、この島で教職につかれ、ご主人もこの島の教育に貢献されていた。校長として勤められた学校に、今、息子さんが教員として赴任されていた。

引き揚げ後、住まいを求めて江田島に到着した私たち家族は、古本さんの家のすぐ下にある土蔵を貸してもらった。そこに畳二枚を入れて住んだ。蔵の前は日当たりのよい広い空き地になっていた。

翌年の春、そこよりずっと下の下野さんの裏の空いた家を借りた。隣には、下野さんの娘さん夫婦と子どもさんが住んでおられた。「そのご夫婦もとてもいい方で、いろいろお世話になった」と、母が残した手記には書いてあった。その娘さんご夫婦も、私を出迎えてくださった。

牧子さんや下野さんたちに案内されて、切串の路地を歩いた。ゆるやかな坂をのぼりつめた道路横に石積みで高くなった平地があった。

「ここに住んでいましたよ」

下野一彦さんの声。

当時この家の窓からは、広い田んぼのなかの一本道が見えた。夕方になると、船着き場から仕事帰りの人たちが、この一本道をぞろぞろ歩いてきた。私はその中に、父の姿を見つけ出すと、窓から上半身をのりだして、「とうちゃん！　とうちゃん！　おかえりなさい！」と、叫んでいたそうである。

私にも、父の帰りを待つ、幸せなひとときがあったんだ。声をかぎりに父を呼ぶ、そんな場面があったんだ。

そう思うと、急に目頭が熱くなった。

夕日を浴びて帰ってくる父。私の記憶にも、かすかにその光景が残っている。しかし、父の表情は、どうしても浮かんでこない。逆光に薄ぼんやりとした輪郭が浮かぶだけである。背後で声がした。

「いい男やったですよ。背が高くてすらっとしていてね」

私のおぼろげな思い出のなかの父も、細身で背が高かった。でもそれは、のちに人から聞いた話で、そんなイメージを作りあげていたのかもしれない。

そのあと、自衛隊の学校（旧海軍兵学校）へ案内してもらうことになっていた。下野さんは、ボランティアでその学校の案内をしているそうだ。

自衛隊の学校へ向かう車のなかで、母の思い出を聞いた。母がうどんのフシを油でさっとあげて、何人かで山を越えた海水浴場まで売りにいった話。いつも完売で、利益は等分に分けあったこと。母は手先が器用で、よくセーターを編んでもらったという話など。もう五十年以上も昔の話を、昨日のことのように話してくれる。それがとても素朴で好意的な話し方なので、私はまた胸がいっぱいになってしまった。

母はよく、江田島で最高のゼイタクをした、と話していた。それは、カキご飯のことである。当時は大根のおかゆ（大根を短冊に刻んだものと少量の米で作る）やコッパご飯（乾燥イモと少量の米をいっしょに炊き込んだもの）を食べていた。

ある日、地元でとれた海のカキを売り歩いている人が、売れ残りを安く分けてくれると言った。母は急にカキご飯が食べたくなり、居合わせて近所の人と共同でそのカキを買った。そして、その人と米を一合ずつ出し合ってカキご飯を炊いた。「ミチノスケも入れて三人で腹いっぱい食べた。一世一代のゼイタクだったよ」と言う。

そんな江田島語りをする母の幸せそうな横顔を思い出しながら、私は車窓に広がる海を眺めていた。

原爆投下

古本さんの家では、両親が満洲に渡っていったあと、長女の牧子さんは広島の女学校に通っていた。八月六日の朝。牧子さんは、いつものように船着き場へやってきた。ところが、その日にかぎって船が故障し、出港が遅れていた。学校に遅れてしまうのでやきもきしていた、その時、広島の空が一瞬真っ赤に染まり巨大な黒煙がふきあがった。

時、八時十五分。広島市へ原子爆弾が投下されたのだ。船が予定どおり出ていれば牧子さんの命も吹き飛んでいただろう。奇跡的な命びろいであった。

その日の広島は想像を絶する凄惨な状態で大混乱になっていた。角崎さんは平和教育に熱心な先生である。角崎さんからいただいた『平和学習ヒロシマノート』（平和文化刊）には、当時のようすが次のように記録されていた。

宇品の警察官だった藤田徳夫さん（当時二九歳）は食用油一〇缶をもって救援にかけつけました。口もきけないほどの負傷者さえも、「薬、薬」と、この油を求めて群がってきました。人びとは、皮膚は赤黒くたれさがり、どす黒い血と火ぶくれのためにどこが目でどこが鼻か口かわからぬほどでした。これが本当に人間なのでしょうか。黒い肉のかたまりが動いているようでした。

橋にたどりつくと気力も体力もなくなってしまうのでしょう。負傷者は枯れ木が倒れるようにうずくまり、横たわりました。そしていつか、丸太を並べたような死体の山が橋にできました。

広島で、この年の十二月までに原爆による死亡者は十三万人を数えている。以後も被爆者の間に、血液のがんである白血病や眼に白内障という障害が出てきたり、甲状腺がん、肺がんなどの発症が増えたりしている。

厚生省（当時）が被爆四十年目に行なった原爆死没者調査で、新たに一万千九百二十五人の死没者が確認されている。原爆はその投下時の無差別な破壊力だけでなく、被害が何十年も継続するという残虐性をもっていたのである。

広島に原爆が投下されたころ満州に住む民間日本人の間にも、日本の敗戦が濃厚だという話が伝わってきていた。しかし、満州を守っている関東軍が、ソ連が侵攻してきた場合、全満州の四分の三を放棄し、そこに住む日本人を見捨てる方針をたてているとは、思いもよらなかった。関東軍が守ってくれると信じていたのである。

八月九日、ソ連極東軍百五十万、戦車五千五百輌、飛行機三千四百機が国境線を突破してきた。満州全土はパニック状態になった。日本は無条件降伏。そして満州国の解体。頻発する暴動略奪。父母と生まれたばかりの兄は、難民収容所に避難した。そこで古本さんといっしょになったのである。

古本さんは、広島が新型爆弾（原爆）で焼け野原になったと聞いて、広島の学校へ通学していた長女のことを大変心配していた。そして広島が焼け野原になるほどのひどい火災なら、江田島の切串の人たちも猛火の熱でヤケドしているかもしれない、と気にしていた。

私の母も、自分を養子として育ててくれた長崎の養父母のことが心配だった。長崎も新型爆弾で、焼け野原になったと聞いていたからである。のちに母は、養父母は亡くなり家は焼失したと知らされたのである。

私が生まれた満州の通化では、終戦の翌年の二月三日夜、大きな武力衝突があり日本人が多数死んでいる。この衝突を「通化事件」という。衝突の翌日、通化市街に戒厳令がしかれ、父や古本さんたち男は、八路軍（中国共産党軍）に連行されていった。厚生省援護局の資料では、戦闘による死者約三百名。事件後の処刑や拷問による死者は千二百名となっている。死者のほとんどが民間人であった。

父や古本さんたちは、六日の夕方、釈放されて帰ってきた。無条件降伏から五ヵ月もたって、なぜこのような痛ましい衝突・惨事が起きたのか今でもはっきりしない。戦争という蛮行や狂気の後遺症であることは確かだ。当時私は生後三ヵ月だった。

母は手記に、次のように書いている。

「子どもも大人も、たくさんの人が栄養失調や肺炎などで死んでいきました。日本に着けば何か食べさせるものがあるだろうから、それまで頑張ってほしいと、ただそればかり祈っていました。

思い返してみれば、終戦の日から天と地がひっくり返ったようになり、どうすればよいかわからない日々を過ごしたあげく、暴動に遭い、死ぬ思いをし、子どもを亡くし、いつ引き揚げられるかわからない不安な日々を過ごしているときに、一般人を守ってくれるはずの軍隊は、お偉い方々を先頭に、自分たちだけさっさと汽車を仕立てて、我先にと引き揚げてしまいました。奥地にいる人たちのことなど、考えたこともなかったようです。

自分たちさえ助かればいい、それがそのときのお偉い方々の考えではなかったのでしょうか。戦争を二度と起こしてはなりません。被害に遭うのは、いつも普通の住民なのです。」

無念の思い

やがて車は、江田島海上自衛隊（旧海軍兵学校）に着いた。旧海軍兵学校は、海軍将校を養成する基地であった。現在は海上自衛隊の幹部養成学校や第一術科学校などになっている。

赤レンガの建物（旧生徒館）が、松の木々やみどりの芝生に囲まれて美しい。制服・制帽姿の若者二人が、親しげに話しながら校庭を歩いていた。

赤レンガの建物の一角に大理石でできた教育参考館があった。旧海軍関係の資料（一万四千点）を公開している建物である。下野さんの案内で見学した。

特殊潜航艇・海竜が展示されていた。海竜は、魚雷に水中安定用の両翼をつけた二人乗りの潜航艇である。六百キロの爆薬を積んで目的の艦船に激突、爆破させるものである。

特殊潜航艇に乗り込み人間魚雷として命を絶った、若き特攻隊員たちの遺書や遺品もあった。その遺書には、故郷を愛し、家族を思う心情が、抑制された文面にこぼれていた。知性や感性豊かな若者たちであったことがわかる。敗戦が決定的な中での出撃命令で、その若者たちの将来の夢やささやかな幸せが、命とともに吹き飛んでしまった。

いくら戦時下とはいえ、二十歳やそこらで遺書を書かなければならなかった無念さは、想像を絶する。遺族の悲しみは思うだけで胸がつぶれる。

特攻で戦死した者は六千人に近い。その死者の数が問題なのではない。六千人の一人ひとりの人生と死を考えるのである。

一人ひとりに青春があり夢があっただろう。なごやかな家族や友情を育んだ友や、淡い想いを寄せた人もいただろう。体当たり特攻の犠牲になった人たちも、その遺族も、それぞれのドラマを歩いていたのである。

すべてが戦争によって叩きつぶされた。

戦争は、なんだかんだと理屈をつけても、けっきょくは大量殺人であり、一般人にも殺人を強いるものである。勝とうが負けようが、たくさんの犠牲と深い悲しみを残すものである。

敵・味方ではない。日本人としてではない。人間として、戦争や戦争が引き起こした混乱の犠牲になった人と遺族のことを考え、その悔しさや悲しさに思いを馳せる。私のささやかな哀悼である。

振り返ってみると、私の生い立ちもたくさんの死者とともにあった。

私が生まれる少し前に、私の兄が栄養失調で亡くなっている。私のあとに生まれた二人の弟も相次いで死んでいる。母がよく言っていた。

「ミチノスケが生まれたころは、たくさんの人が死んでいった。その人たちのお余りをもらって、いのちをながらえてきた……」

私たち家族が江田島のあとに住んだ長崎も原爆が投下された地である。私は昭和二十年生まれなので、長崎の小・中学校の同級生たちも大半は、直接または母親の胎内で被爆していた。

被爆した子どもたちには白血病の恐怖が忍び寄っていた。昨日まで元気に走り回っていた子どもが、ある日突然、白血病に倒れて死んでしまう。原爆投下から六年も八年もたっているのにである。当時は白血病の治療法がまったくなかった。

私の長崎時代の友人には、特別被爆手帳を持っている者が多い。体内に不気味な不発弾をかかえているような状態である。でもその不安は表には出さなかった。逆に笑顔で私を励ましてくれるのであった。

戦争・戦禍の犠牲になった人たち。その遺族。戦禍の後遺症で今なお心身がうずく人たち、その人たちの無念な思いにも支えられて、私は生きてきたのである。

今回の江田島訪問の目的は、お世話になった古本さんたちにお会いしてお礼を言い、思い出の地を歩いてみることであった。

ところが思い出の地では、引き揚げや原爆の惨事を思い出し、特攻隊員の遺書などを通して、戦争の悲惨さや残酷さを再認識した。そして、いのちや平和の尊さを考えることにもなったのである。

帰りのフェリーを見送ってくださる、古本さん、牧子さん親子、下野さんたちの姿に、目頭が熱くなった。素朴なやさしさが伝わってくるのだ。

私も母も五十年前、島を離れるとき同じように古本さんや下野さんに見送ってもらっている。その時のことを母はのちに次のように書いていた。

「別れを惜しみながら船に乗った。お世話になった人たちの親切ややさしさを心に刻みつけるように手を振った……」

私も、〝親切ややさしさを心に刻みつけるように〟手を振った。ふと、亡き母といっしょに手を振っているような気がした。

どぶ川界隈

バラック小屋

江田島から長崎の借間に移り住んで、父は地金のブローカーみたいな仕事を始めた。やがて小さな古い家を買い、そこで弟と妹が生まれた。私の兄は満州で死に、私のあとに生まれた二人の弟も生後まもなく死んでいる。だから、私と長崎で生まれた弟・妹とは、五、六歳の年齢差がある。

弟・妹が生まれたが、母と父の間にゴタゴタがおこった。そして父はそれまで住んでいた家を売り、愛人とともに家を出て行ったのである。住む家をなくした母は、私と弟・妹を連れて、友人、知人の家を転々としたあと、繁華街を流れるどぶ川沿いのバラック小屋に住むようになった。

バラック小屋は川に柱を立て、その上に板を張って作ったものである。屋根には古トタンや古板をのせ、それを石や角材などで固定してあった。広さは一坪で、畳一枚と畳一枚分の土間があった。そんな小屋が川沿いに十数軒、支えあうように建っていた。ベニヤ板一枚隔てた隣には、テキやの滝さんが住んでいた。滝さんは仕事から帰ってくるとベニヤ板にもたれかかった。すると、ベニヤと滝さんがウチのほうまではみ出してくる。それを子ども三人でよく押し戻していたものである。

家が狭いので炊事や洗濯は外でやっていた。道路に七輪を出して煮炊きをし、洗濯に使ったタライの水は、道路にザッと流すのである。トイレは橋を渡った先にある国際マーケット（小さなバーやサロンが密集しているところ）の共同便所を使った。

まあ、こんな状態だったから、役所からは不法建築だと立ち退きを迫られ、保健所からはバイ菌のように嫌われていた。世間からはゴミやクズのように見られていた。しかし母は、ここの生活を「誰にも気がねがいらないから、気楽で楽しい」と言っていた。

母は日銭が必要だったので朝早くから日雇い仕事に出かけていった。男の人にまじって慣れない力仕事をし、その日もらったお金で晩のオカズを買い、暗くなって帰ってきていた。

私の家の壁には映画の看板が立てかけてあった。そのお礼として、映画の招待券を月に一枚、もらっていた。雨で日雇い仕事がない日、母はその券で映画を見に行った。母の見る映画は洋画だった。日本の映画は、女の人がメソメソしてイヤなのだそうだ。

映画を見てきた日、母は大事にしている粉コーヒーをお湯で溶いた。それをおいしそうに飲みながら、私たちに映画の話をしてくれた。とても楽しそうだった。映画とコーヒーは、月一回の母のゼイタクであり、母のハッピーアワーであったのだ。

バラック小屋の生活で一番たいへんだったのは、台風のときである。川の上に建てているので、増水すると流される心配がある。風が強いと、入り口の戸が吹き飛ばされてしまう。飛ばされた戸を追いかけ、つかまえて帰ってくると、その間に、タライやバケツやナベが路上に転がり出てくる。

けっきょく、戸が飛ばないように母と二人で夜通し引っ張ることになる。ただ引っ張っているだけでは退屈なので、眠気覚ましを兼ねて母が自分の生い立ちなどを話してくれた。これが私には楽しかった。

貧しい家庭に生まれ、幼い頃養女に出されたこと。少女時代、子守をしながら図書館の木陰で本を読んでいたこと。バール・バックの『大地』やマーガレット・ミッチェルの『風と共に去りぬ』が愛読書だったこと。家出をしたこと。紡績女工だったこと。満州や江田島での生活のこと、などである。

母の話は何度聞いても楽しい。悲惨な生活の話でもうっとり聞き入ってしまう。きっと、母といっしょにいる安心感や満足感とともに、母の人生が感じられたからだろう。

母の口ぐせは、「明日は明日の風が吹く」だった。明日のこと、将来のことを思い煩っても、どうなるものでもない。なるようにしかならない。それより目の前の今をていねいに、親子の今をたいせつに、という考え方である。

台風が荒れ狂っていた夜、バラック小屋のなかで、私は母のまなざしをまっすぐに感じながら幸せだった。

不思議な路地

当時、私は小学三年生、保育園に通う妹と弟は二歳と三歳であった。

母は朝早くから夜まで働いていた。だから弟、妹の保育園の送り迎えと、二人の遊び相手は私の役目だった。

保育園からの帰り道。魚や野菜があふれている市場の雑踏を通り、小さな商店街を歩き、かまぼこ工場やちゃんぽん麺工場が並ぶ細い路地を抜けると、バラック小屋が見えてくる。バラック小屋の前には、どの家にも洗濯物がぶらさがっていた。路地から見ると、それはにぎやかな飾りのようだった。

その洗濯物をかきわけ、戸板を引き開けて中に入る。それからバケツを持って、五十メートル離れた共同水道へ水汲みに行く。水を汲む間、弟、妹は、小屋の中に閉じこめておく。

水汲みが終わると、弟、妹と遊ぶ。広告紙の裏に落書きをしたり、はやりの歌を歌ったり、紙くず集めのおばさんからもらったマンガを読んであげたりする。

それらに飽きると、三人で手をつないで国際マーケットへ出かけていく。母から〝絶対に弟、妹の手を離してはいけない〟と言われていたので、保育園の送り迎えも、どこかへ出かけるときも、私はいつも二人の手をしっかり握っていた。

国際マーケットには、小さなバーやサロンがひしめいていて、薄暗い路地が迷路のようにはりめぐらされていた。路地は昼間でも裸電球がともっていた。

ここに公衆便所があった。家にトイレのない私たち家族は、いつもその公衆便所を利用していた。弟、妹をこの公衆便所に連れていくことも、私の大事な役目だった。

トイレをすませると、三人でマーケットの路地を歩き回る。路地は狭いので車は入ってこれない。だから私は安心して、弟、妹の手を離すことができた。

野良猫を見つけては追い回し、開店準備に忙しい厚化粧のおばさんたちとあいさつをかわし、上海帰りのきれいなお姉さんのチャイナドレスに見とれた。

二階の窓辺に腰をかけてハーモニカをふくお兄さんに手をふり、まな板を血だらけにして鶏肉をぶつ切りにするおじさんの手つきをながめ、焼き肉の煙をくぐりぬける。

私たちは路地を歩き回っているうちに、たくさんの失敗をし迷惑もかけた。でも、大人たちはいたって寛容で、少々の逸脱は大目にみてくれた。

酔いつぶれている人やぶつぶつ一人言を言い続ける人もいる。ここに暮らす人たちは、言葉は雑然として荒っぽいが、私たち子どもに対してのまなざしはとてもあたたかだった。

時にケンカがあり、盗難があり、火事がある。毎日、予期せぬことが起こる。それがドキドキするほどおもしろく、活気に満ちていた。

ここは私たちのワンダーランドであった。

たなばた飾り

弟と妹が保育園から笹の小枝をもらってきたことがある。笹の小枝にはそれぞれ、色紙を折って作った小さな飾りが一つと短冊が数枚ぶら下がっていた。

その日、橋のたもとまで母を迎えに行くとき、弟と妹は、それぞれの笹の小枝をしっかり握りしめて出かけた。

橋のたもとの街灯の下で、いつものように影踏み遊びをやっている間も、二人は笹の小枝を握りしめていた。

やがて、母の姿が向こうの角から姿をあらわすと、三人は歓声をあげて駆けていった。妹と弟は、何よりもまず得意そうに、笹の小枝を母に突き出した。

「きれいかね。ようできたね」

母はうれしそうに言って、二人の笹を受け取った。そして、二人の頭をなでながら、つぶやいた。

「今夜は七夕さま、やったとよね。すっかり、忘れとったよ……」

母に喜んでもらえて、弟妹は大満足。私もうれしかった。

いつものように、近くの天満宮の石段を上がっていく。子ども三人が、母の前になったり、後になったり、押したり、引っ張ったりしながら、上がっていく。子どもたちは、口々に「ふう」とか、「はあ」とか、「きつか」とか言いながら石段を上がる。

私たちは最上段の石段に腰をおろした。母を真ん中に、妹は母にだっこされ、私と弟は母にぺったり寄り添って座る。

一面に広がる街の明かりが、家々の明かりにつながって、小高い山の上まできらめいている。私たちは、きらめく明かりをみながら、ひとしきり話をする。今日一日のこと。うれしかったこと。悲しかったこと。ほめられたこと。意地悪されたこと。楽しかったこと。恐ろしかったこと。

母の手の七夕飾りが、夜風に揺れている。

一日で一番、幸せなひととき。

母がいる、母といる、ただそれだけで私たち子どもは幸せだった。

その夜、バラック小屋にもどると、母は保存していた広告紙の大きいのを何枚かとり出した。裏が白く、何も印刷されていない広告紙は、母の日記用紙になったりメモ用紙になったり、封筒になったりしていた。

その広告紙で、母は七夕飾りを作ってくれた。編目がドレスのようにひろがる飾りである。紙輪の鎖は、みんなで作った。それらを保育園からもらった二本の笹の小枝につけた。笹はにぎやかになった。

母は、「これは外に飾ったがよかね」と言った。それで私が七夕飾りを晴れがましく持ち、弟、妹を従えて外へ出た。

母は、それをどぶ川に面したバラック小屋の壁に固定しはじめた。隣とのわずかな隙間にクギを打ち、針金で支えるのである。出来上がると、私は拍手をした。弟妹も拍手をした。

私たちは七夕飾りをよく見るために、橋の欄干へ駆けていった。

どぶ川には、対岸のバーとかサロンのネオンや明かりがゆらゆらゆれている。真っ黒ににごっているどぶ川が、一日で一番きれいなときである。

そこに私たちの小さな七夕飾りが加わり、夜風にゆれている。

私たちは欄干にもたれかかり、♪笹の葉サラサラ……と、歌いはじめた。

「きれか、ねえ……」

少し遅れてきた母が、つぶやくように言った。

インテリおばさん

その真っ黒いどぶ川が、一度、真っ白になったことがある。

紙クズ集めのインテリおばさんが、ある日、リヤカーで集めてきた紙クズを、全部、どぶ川にぶちまけたのである。

インテリおばさんは、いつも赤鉛筆を耳にはさんで仕事をしていた。その赤鉛筆で線を引きながら、新聞や雑誌を読む。ただそれだけでインテリと呼ばれていた人である。

そのおばさんには、中学を卒業したばかりの男の子がいた。その子はお母さん思いで、小学生のときからいつもリヤカーに寄り添うように歩いていた。素直で、あいさつもよくする。自慢の子だった。

小学高学年のときから、新聞配達をしており、足がやたらと速かった。運動会や学校のマラソン大会では、いつも花形だった。中学校対抗の駅伝大会でも、大活躍をしていた。

その子が中学三年生になったころから、街のチンピラとつき合うようになった。外泊が多くなり、家にもあまり寄りつかなくなっていた。おばさんは、心配でしかたがなかった。

それでも、中学卒業後は小さな鉄工所で働くことが決まっていた。おばさんは、「これで不良たちとも手が切れる。溶接の技術も習得できる。これからは、腕に技術の時代やけん、よか所に就職できた」と大喜びだった。

息子の卒業式が終わって数日後のある日、おばさんが、上質紙をヤマほど積んだリヤカーを引っ張って帰ってきた。

そして、橋の近くで遊んでいた私に声をかけた。いい本をとってあるのでおいでと、手招きをする。私が行くと、「ちょっと待って」と、リヤカーを欄干のところに留めた。そして、洗濯物をかきわけて、バラック小屋の中に入っていった。時々、紙クズのなかにまじっている児童書を、私のためにとっておいてくれるのだ。

ところが、おばさんは本を持ってこないで、紙きれを手に青ざめた顔で出てきた。ちょうど、前を通りかかったパチンコプロの金さんとテキヤの滝さんに、その紙きれを見せながら、何かをうめくように言っていた。

中学を卒業したばかりの息子が、家出をしたそうだ。りんご箱で作った机の後ろに貯めていたおばさんのお金を、全部持っての家出であった。置き手紙に、「東京へ行く。探さないで」とあったそうだ。

おばさんは、うつろな目でリヤカーへ歩いてきた。そばにいる私の姿は、おばさんの目に映っていない。

リヤカーまで来たおばさんは、突然、上質紙をわしずかみにして、川にぶちまけはじめた。息子の名を叫び、泣きながら、リヤカーの紙をどんどん川に投げ入れる。

金さんが止めても、テキヤの滝さんが「やめろ！」と言っても、聞かない。通りがかりの人が何事かと足をとめ、おばさんの周りには人だかりができた。

それを滝さんが、顔を真っ赤にして「見世物じゃないぞ！」と怒鳴る。おばさんは泣き叫び、川に紙をぶちまける。金さんが止める。あたりは、騒然とした雰囲気になった。

黒い川は、またたく間に真っ白になってしまった。大騒ぎのなか、私は保育園に弟、妹を迎えに行く時間になったので、その場を離れた。

弟、妹を連れて、再びもどって来たときは、すでに人は去り、橋に、空っぽのリヤカーがぽつんと残されていた。リヤカーには、おばさんの深い孤独が漂っていた。黒い川には、無数の白い紙が浮いていた。白い紙は、おばさんの悲しみであった。その紙はやがて引き潮にひっぱられ、白い帯となって海のほうへ流れていった。

それから間もなく、インテリおばさんはどぶ川界隈から姿を消した。母に聞くと、息子は博多にいるようだという消息を便りに、息子探しの旅に出たということだった。

私は学校が終わると、時々、そのおばさんの手伝いをしていた。紙クズ満載のリヤカーの後押しである。

紙クズには上質や中質などいろいろな種類があり、値段も異なっていた。表面は同じ白色にしか見えない紙を、おばさんは手触りで上質、中質と見分けていた。手触りでわからないときは、光線に透かし、見事に判別していた。

橋の途中で一休みしているときに、おばさんは言った。

「紙クズ集めは、人間のクズがやるみたいに言う人がいるけど、人間のクズじゃ、この仕事は勤まらん。まわりの冷たい目線に三日ともたんよ。人がどう見ようと、私たちは人が捨てたもの、一度は死んだモノを生き返らせる仕事をしている。ここのところがわからないと二十年も続けてこれない。人間のクズじゃ、ここのところがわからない」

インテリおばさんがいなくなって寂しくなった。

橋の上からどぶ川をぼんやり眺めていると、黒い流れからおばさんの声が聞こえてくる気がした。

ひとの風景

チョゲじい

長崎は石畳の街である。山の斜面に密集した家屋がへばりついており、その間をくねくねとぬうように登っている狭い路地。そこに長方形の石を敷きつめた石畳がある。石畳の石は、ほんとうに畳のようなやわらかい感触がある。その石畳でよく遊んだものだ。ろう石で道路いっぱいに絵を描いたり、陣とり合戦をしたり、ゲンパタというゲームを女の子たちとやったりした。

夢中で遊んでいたある日、どうも足の裏の感触がおかしいので、ズック靴を脱いでみた。すると、靴の底が破れて大きな穴があいていた。その日食べるものにもコト欠く生活が続いていたので、母親に新しい靴を買ってなどとは言えない。

しかし靴をはいていると穴がだんだん大きくなっていくので、石畳で遊ぶ時は靴を脱いでハダシになった。素足に伝わる石畳の石のひんやりとしたやわらかさが何とも言えず心地よかったことを覚えている。そのうちに遊び仲間の子どもたちが皆、石畳の上ではハダシで遊ぶようになった。脱いだ靴は石段の横にズラリ並べて、である。

ある日、並べておいた靴の一足が、何かのはずみで路地の横の深い溝に落ちてしまった。そして、子どもたちがあれよあれよと言っている間に傾斜している溝の中を下のほうへ流れていった。

その靴を釣竿を使って上手に拾い上げてくれたのが、チョゲじいと呼ぶおじいさんだった。鼻の下にチョビヒゲをたくわえているのでチョビヒゲじいさん、それが縮まってチョゲじいと呼ぶようになったのだ。坂の上のほうに住んでいた。

私たちが遊んでいると、チョゲじいはよく刃物を持って現われた。石畳の石で刃先を研《と》ぐためである。彼は手ごろな場所を見つけると、口のなかにためていた唾液をぺっとはき出して、それを指で伸ばして刃物を研いでいた。

どうして唾液を使うのか聞いてみたら、唾液には栄養がいっぱいあるから、その栄養を石にやるのだ、石が栄養失調だと刃物はうまく研げん、と教えてくれた。

石に栄養をやる。その言葉の新鮮さに感心した私は、さっそく、仕事から帰ってきた母親にそのことを教えた。すると母親は、ただ水ば汲んでくるのを不精しとるだけたいね、と笑い出した。

チョゲじいは足が不自由だった。だから百メートルほど離れた共同水道まで、水を汲みに行くのが大の苦手なのである。片足を引きずるようにして歩くので、バケツ満杯に入れた水は、からだの振動で少しずつこぼれ、家へ着く時は、いつも半分になってしまっていた。

共同水道からチョゲじいの家まで、点々と続くこぼれ水の跡を見ながら、最初からバケツ半分の水を汲めばいいものを、と思ったものだった。しかしチョゲじいはいつもバケツに満杯の水を入れ、少しずつこぼしていた。

ときに私たちが水汲みの手伝いをすると、さつまいもで作った〝かんころもち〟を駄賃としてくれた。石段に腰をおろして、それを食べているとチョゲじいもやってきて横にすわり、イギリスやフランスなどの話をしてくれた。

チョゲじいは昔、船乗りだったそうだ。話をしながら、時折、ろう石をつまんで横文字を器用に書いてみせた。目の前には長崎の街と港が一面に広がり、その向こうになだらかな山が見える。チョゲじいの話をうっとりしながら聞いていると、私にもこれから先、すてきなことがいっぱいありそうな気がしてくるのだった。

チョゲじいは週に何日か、思い出したように仕事に出かけた。しかし、その仕事がどんなものであるか、長い間私は知らなかった。

ある日、学校が早く終わって、紙クズ集めのおばさんのリヤカーを押していたら、浜の町という繁華街のはずれの道路にチョゲじいがすわっていた。路上で靴の修理をやっていたのだ。

ヒザの上に古い毛布をかけ、周囲に修理道具をゴチャゴチャとならべていた。その中に石畳の石で研いでいた刃物（じつは靴を修理するための工具だった）が、にぶく光っていた。

客はいなかった。チョゲじいは目を閉じて何やらブツブツ言っていた。それが歌だとわかったのは、私たちのリヤカーが彼の前を通り、私が声をかけようとした時だった。私は一瞬どきんとした。その歌は彼が周りの大人たちから口ぎたなくののしられた時などに、呪文のようにつぶやいていた外国の歌である。子どもの私にはうかがい知れないつらいことがあったのだろう。私は目を伏せて、重たい気持ちで彼の前を通りすぎた。それからあと、私は彼の水汲みを積極的に手伝った。チョゲじいはいつもの通り、石畳の石にダ液をぺっとはいて、刃物を研ぎ続けていた。

近所の人たちは彼のことを良くは思っていなかった。なまけ者で大ボラふきで、だから奥さんにも逃げられたのだと言っていた。だけど子どもにとってはじつに楽しい友だちのような人だった。

チョゲじいが珍しく、陽が西に傾く時刻に坂を下ってきた。「どこへ行くと?」と聞いたら、夕陽を指さして「お陽さんのふとんば敷きにいくとたい」と歌うように言った。「いつもは行かんとに、今日だけどうして行くとね」と聞くと、「当番、当番」と笑いながら、足をひきずって下りていった。ふたこと、みことの会話に夢があった。

ところが間もなく、チョゲじいの姿が石畳の路地から消えた。大人たちは、何かヘマをやって警察にでも追われて逃げたのだろう、とうわさした。私は船に乗って外国に行ったのだろうと考えた。

住所不明

私たち家族は二年間、住所がなかったことがある。といっても、どこかをさまよい歩いていたわけではない。バラック小屋だけど、母と子ども三人で二年間、暮らしていたのである。

住所がなかったのは、どぶ川の上に建てた不法建築（バラック小屋）に住んでいたからである。役所は、不法建築に住所を与えると、それを認めたことになると考えたのだろう。

電燈は人道的配慮からか、住みだして一ヵ月後にはひいてもらえた。水道はすこし離れたところに共同水道場があったので、それを使わせてもらった。便所も、橋を渡った対岸、バーやサロンが密集したところにある共同便所を利用した。

ただ学校などで住所を書かなければならないとき、どうしたのだろうか。さだかな記憶がない。バラック小屋は、中華街のある新地町沿いに建っていたので、新地町ゼロ番地としたのかもしれない。葉書や手紙は、新地町銅座橋そば、で届いていた。

二年後、強制立退きが近いということで、やむなくその地を離れた。私たちが借りた家は、酒乱の大工さんの持ち家で、平屋を三分割した一つだった。くねくねとした坂や石段をのぼった小高い山の中腹にあった。

そこには、きちんと番地がついていた。

しかし、大工さんの酒乱がひどくなったので、再び、転居することになり、さらに石段や坂をのぼって、小高い山の頂に近い家を借りて住むことになった。もちろん、ここにも番地はあった。

番地のなかったバラック小屋は、やがてとり壊され、どぶ川にはフタがかぶせられて暗渠《あんきょ》となり、その上は駐車場になった。もともと住所のない不法住宅だったので、当時の住宅地図には載っていない。つまり、あとで見ると何もないのである。何もなかったことなのである。痕跡がない。

そこに十数軒のバラック小屋が立ち並び、寄り添うような生活があり、たくさんのドラマが繰り広げられていても、何もないのである。何もなかったのである。

これは、そこに住んでいた私としてはやりきれない。私自身が、私の家族が、テキヤのおじさんも、紙クズ集めのおばさんも、サーカスくずれのおばあさんも、みんな、みんな抹殺されるようなものだからである。

どぶ川はほとんどが暗渠となってしまったが、一部分だけ黒く濁った水面を見せているところがある。川筋がゆるやかにカーブしている場所である。

銅座市場の下を流れて陽の目を見た川は、黒く光りながらゆっくり流れ、やがて銅座橋の下へもぐり込み暗渠となってしまう。

その間、わずか三十メートル足らず。でも、私には、このどぶ川がなつかしい。メタンガスの混じった臭い匂いに親しみを持つ。

その川の近辺は、昔も今も、小さな飲食店がひしめいている。バーとかサロンとか、カタカナや横文字のネオンが多いのも昔のままだ。

長崎に行くと、かならずこのどぶ川に会いに行く。川をながめ、近辺を思い出とともに歩く。私の至福のひとときである。

みかんの思い出

中学卒業後、私は県外への集団就職を考えていたが、担任のすすめもあって地元にある造船所の技術学校（企業内学校）に入学した。

この学校は、三年間、学科と実習の勉強をして現場配属に備えるところで、勉強しながら手当がもらえる。そしてそのまま大企業の造船所で働ける、というので人気があった。

私は、その技術学校を卒業すると製罐工場の陸上ボイラーを組み立てる係に配属された。現場に配属されると同時に、定時制高校に一年生から入学した。十八歳だった。それから、昼は造船所の現場で働きながら、夜、学校に通っていた。

造船所には、工場ごとに駅伝のチームがあり、年に一回、二月に開かれる大会めざして、昼休みや終業後、練習を続けていた。私も製罐工場チームの補欠として、昼休みだけ練習に加わっていた。

秋も深まった日曜日、隣の電機工場と練習試合をやることになった。私は補欠で記録係として参加した。ところが試合直前、レギュラーの一人が足の故障で走れなくなり、急きょ、私が代走することになった。

長い上り坂のある、四・五キロの第二区間である。中継地点で足慣らしをしながら、チラリチラリと相手チームの選手を見た。

年の頃、二十四、五歳。真っ黒に日焼けした精悍《せいかん》な顔立ち、筋肉質のごつい体つき。いかにも現場たたき上げの人間といった感じである。彼は私のほうにはまったく関心がないといったようすで、淡々と足慣らしをしていた。

私はというと、「ガリ」とあだ名がつくくらい、やせてひょろひょろしていた。おまけに新入りの補欠で、試合なんて出たこともない。勝負は目にみえていた。

試合が始まった。驚いたことに、わが工場の第一走者は大健闘。電機チームに八十メートルくらいの大差をつけて、私にタスキを渡したのだ。

「頼むぞ！」という声を背に受けたのだが、私は暗い気持ちになっていた。この差は、私のところで逆転されそうな気がしていたからである。

〝どにかく、全力で走るだけ走ろう〟

と、満身の力をふりしぼって第二区間をひた走った。快調に走っていた。いや、走っているつもりだった。

しかし、やはり、私の相手はおそろしく足が速かったのだ。走り出して、ものの数分もたたないうちに、もう背後に足音が聞こえはじめた。私は震え上がり、神に祈る気持ちで、迫り来る足音から逃れようとした。しかし、足音は大きくなるばかりである。坂道を上りつめ、平坦な道になったとき、背後から、足音だけでなく息づかいまで聞こえはじめた。絶体絶命である。私は絶望的な気持ちで走っていた。

するとその時運悪く、私の前方を歩いていた小柄な老婦人が何かにつまずいて転んだ。買い物袋からみかんが五、六個、飛び出した。

そのうちの二個が私のほうへ、コロコロと転がってきた。一個を避け、一個を飛び越し、道路の真ん中にへたりこんでいる老婦人をよけて走ったのである。そのおかげで私はペースを乱し、手と足がバラバラのひどい走り方になってしまった。

私はつまずいた老婦人を恨みながら走った。

これで電機の人に追い抜かれても、それは私のせいではない。あの婦人が悪いのだ。

そんなコトをぶつぶつ思いながら走った。

ところが、ふと気がつくと、背後の足音が消えているのである。不思議に思い、うしろを振り向いてみた。

振り向いて、驚いた。心臓が止まるほどびっくりした。競走相手が、老婦人を助け起こしているのである。落ちたみかんも拾って、婦人に渡している。婦人は頭をさげている。私は、見てはいけないものを見たような衝撃を受けて、あわてて目をそらしてしまった。

〝そんなバカな！　今は試合中だろう。それはないよ、それは！〟

私は、ほとんど泣きべそ状態で走った。

このアクシデントのため、私は追い抜かれないで、次の走者にタスキを渡すことができた。

試合の結果は、わがチームの勝利となり、私のがんばりが勝因だと、仲間はえらくもち上げてくれた。しかし、私の心は晴れなかった。

冗談を言い合いながら引きあげる相手チームのなかに彼の顔を見つけたとき、私は後ろめたい気持ちでいっぱいになっていた。負けたと思った。

今でも駅伝のシーズンになると、あの精悍な顔と、その手に光っていたみかんを、切なく苦く思い出す。

水源地の明かり

私は二十歳のとき、造船所ではボイラーの組み立て工として働いていた。私のボースン（親方）は光熱と騒音で耳が遠くなった人だった。言葉数が少なく、声をかけてもトンチンカンな返事をするので、まわりの人たちからは変人に思われていた。しかし、仕事になると、鋭いカンと技術で、どんなに困難な作業でもやってのけた。

工程の手違いから納期がほとんど絶望視されていたボイラーを、彼が残業、残業で完成させた。その夜は、そのボイラーに朝まで添い寝していたそうだ。この話は職場の伝説になっている。そのボースンにかぎらず、ガス（溶接）屋、曲げ（撓《ぎょう》鉄）屋、歪み取りなど、独自の熟練ワザで輝いている人はたくさんいた。

一つのボイラーを完成させるのに、たくさんの人が集まってきて、お祭りみたいににぎやかに作業する。時々、ドラム缶で作ったカンテキ（即席のマキストーブ）で、お尻をあたためながら一休みをする。そのときの雑談が楽しい。

「ZDとかQCとかコストとか、いろいろ言いよった」

「それはなんの講習ね」

「なんかワケんわからん。みんな寝てしもうたばい」

「わかった！　そいは催眠術の講習ばい」

どっと笑いがはじける。そして誰かが「さあて、いっちょう、きばろうかい！」と背伸びすると、「いっちょうでん、ひゃくちょうでん、やおちょうでん、なんでんかんでん！」と呼応する人がいて、にぎやかにまた仕事が始まる。

この和気あいあいの楽しい職場が、ある日を境に、冷え込んだ。

合理化、労働強化をすすめる会社に協調する第二組合が、会社のあとおしで出現したのだ。管理職がいっせいに工場に下りてきて、第二組合の勧誘を始めた。職場内が、合理化反対の第一組合と労使協調の第二組合に色分けされてしまったのだ。私は第二に行く理由がなかったので、そのまま第一組合に残っていた。

そして、組合分裂の二週間後、最悪の事態が起こった。第一組合の委員で合理化反対闘争の先頭にたっていた浜崎道徳さん（当時二十六歳）が、すべり落ちた四十一・五トンのブロックの下敷きになって死亡したのだ。生産性を上げるためのスピードアップが優先され、安全が無視された結果であった。

浜崎さんは合理化に殺された。家庭には奥さんと十ヵ月の女の子が残された。浜崎さんは、この年、十一人目の犠牲者だった。十一人ものいのちを奪っても、なお会社は生産性向上のスピードアップを叫んでいる。いのちより大事な生産性って何だ。いのちより大事な仕事って何だ。二十歳の私は張り裂けそうだった。

当時私は夜間高校に通っており、三年生だった。大学進学をどうするかも、切迫した問題だった。まわりの人は分刻みの工程表に追いまくられていた。組合分裂も影響しカンテキのまわりの笑い声が消えた。職場がよそよそしくなり、重たい足取りで出勤する日が多くなった。悩み多き日々だったが、それでも私は精一杯明るくふるまっていた。

そんなある日、休日出勤の私の現場に技術学校の先輩がやってきて、「今日の六時に、戸町の水源地でウマカもんば用意して待ってるけん、必ず来てよ」と言う。親しくしてもらっているし、尊敬する先輩の呼び出しである。「突然何事か？」と思ったけれども、もちろん必ず行こうと思った。

一時間残業をして午後五時に工場をあがり、バスに乗った。今日は休日なので、夜間高校の授業はない。水源地に着くと、木々の向こうにぼんやり明かりが見える。近づくとテントが張ってあった。その中からにぎやかな声が聞こえてきた。

テントに入ると、「ミチノスケー、よう来た。よう来た」と声がかかる。三人の先輩と技術学校の同期生が二人、ケラケラ笑っている。私が「なにごとネ」と聞くと、先輩が「まず乾杯ばい」と、ビールを注いでくれた。そしていきなりドラ声で、「成人、おめでとう！　これからの人生、幸多からんことを祈る！　カンパイ！」と叫んだ。

ああ、そうだ！　今日は成人の日だったんだ。すっかり忘れていた。成人式に出ず、仕事をしている私たちのため、先輩たちは定時であがってテントを張り、お祝いの準備をしてくれたのだ。私は絶句した。コンロのうえで、トン汁が湯気をたてていた。

人の情けがこんなに心に染みたことはない。泣けて泣けてしかたがなかった。先輩たちだって、きびしい労働環境のなかで仕事をしているのだ。安全を守るため、いのちを守るため、会社との矢オモテに立っているのだ。

先輩たちは、お祝いにとドラ声で〝坊がつる讃歌〟を歌ってくれた。てんでんバラバラ、勝手に歌っている。そのヘタクソな歌に、また涙がとまらなくなった。

人みな花に酔うときも
残雪恋し　山に入り
涙を流す　山男
雪解（ゆきげ）の水に
春を知る

私はどこかで、思いきり泣きたかったのかも知れない。会社。合理化。組合分裂。死亡事故。管理強化。冷ややかな職場。進学問題……。頭のなかがパニック状態なのに、それを他人に知られたくないため、無理して明るく、虚勢を張っていたのだ。

水源地のテントの明かりは、そんな私の心をやさしくほぐしてくれた。先輩たちの飾らない大らかなまなざしに見守られ、いっぱい泣いて、いっぱい飲んで、いっぱい語って、いっぱい笑って、私はわたしにもどっていく気がした。

happy hour 第3章

はぐくむいのち

輝く瞳たち

夜間中学との出会い

けっきょく、向学心やみがたく、夜間高校を卒業すると同時に上京した。造船所も退職した。そして町工場などで働きながら夜間の大学に通った。

夜間中学と出会ったのは二十七歳の時だった。当時、四年生で教職課程を履修していたが、勤務を休むことができなかったので、教育実習は夜間中学を紹介してもらった。

夜間中学は、さまざまな事情で義務教育を修了できなかった人が夜間に学ぶ中学校である。学校数は全国に三十五校しかなく、世間の人びとにその存在は余り知られていない。言わば学歴社会の最底辺に位置する学校である。

紹介してもらってからは、中学国語の教材研究を大学ノート三冊分くらいやり、黒板に書く字や筆順の練習も納得いくまでやり、万全の準備を整えた。

そして出かけた夜間中学。案内された教室では、六十年配の婦人や中年の作業服を着た男の人など五、六人が、わき目もふらずに「ひらがな」の練習をしていた。中学校なのに、小学校のしかも一年生の勉強をしていたのだ。中学校の教科書で事前準備をしてきた私は、ショックと不安で茫然としてしまった。

「ひらがな、なんて……」と、翌日からの私はゆううつな気持ちをかかえて年配の生徒たちの、力が入りすぎてペコペコになっているノートを見ていた。

数日後、いつもの通り「の」の字の練習をしていた六十年配の婦人が、突然、「せんせ、せんせ」叫びながら手招きをした。そばに行くと、「見てよ、ね。のという字、おたまじゃくしの宙返りでしょ。わかった、わかった、のという字はおたまじゃくしの宙返りだ」と、笑顔で言う。その瞳の輝いていたこと、今でも鮮やかに思い出せる。

「走るって字、ほんとうに走っているみたい」

「先生、勉強ってすてきですね。目の前のおおいが一つひとつとれていくようです」

授業の合間、合間にポッリと語ってくれる生徒さんの言葉に私は何度も心が洗われた。

こんな学校でちゃんとした実習ができるのだろうか、「ひらがな」よりもっと程度の高い勉強を教えたいという不遜な私の考えはいつの間にか消えてしまっていた。

夜間中学で出会った人たちは、自ら学びたいと思って学校に来ていた。そして、その学びは生きるための切実な学びだった。だからこそ、たとえ「ひらがな」を勉強していても、その中に、自分なりの発見や感動があるのだ。

これまでの私の勉強は学歴上昇志向に支えられた、生気のない知識をやたら詰め込むものであった。ほんとうの学びを自らに問うたことのない私が、たんに実習生というだけで「先生」と呼ばれ、したり顔をして生徒のみなさんと対面することに言い知れぬ恥ずかしさを覚えたものである。

さらに、あれだけ瞳を輝かせて勉強していた人が一人、二人と学校を休むようになった。理由を聞くと、それぞれに仕事や生活とのきびしい闘いがあることがわかった。世の不合理や差別に傷だらけになりながら、必死の思いで学校に来ていたのだ。

夜間中学での明るい顔や、瞳の輝きは、じつは自らのいのちを削りながら学び続ける、熱い思いによるものだった。このことを知った時の衝撃。私みたいなふやけた人間がここで「先生」と呼ばれるなんてとんでもないことだ。これ以上、実習を続けるべきではない。どこかで自分を鍛え直してこなければ、と思ったのである。

そのことを、私の指導にあたってくれた夜間中学の先生に話したら、

「そのことに気がついただけでも立派なことだ。そして、どこかで鍛え直すと言っても、そのどこかだってここと同じような現実があり、同じような人たちがいると思う。そのことに気づかせてくれた、この夜間中学でやっていくべきではないか」

と、やさしく諭してくれた。

そんなこともあって、私は実習生だったけれど夜間中学で、人間としてほんとうにたいせつなもの、見栄とか虚栄ではない、人生の神髄に迫るような私自身の「学び」を体験したのであった。このときは、私も目の前のおおいが一枚とれたような気がした。

希望して夜間中学の教師となり、というよりも夜間中学の仲間に入れてもらい、以来三十数年が過ぎた。その間、私はじつに多様な人生と出会い、その人たちとのドラマを経験してきた。そのなかの何人かを紹介しよう。

傷だらけの人生

いつもジーパンに作業ジャンパー、ヘルメットをかぶり、五十CCのバイクにまたがってやってくる賢さん。

賢さんは、昭和十五年、秋田県の小さな村の小作農の家に生まれた。六人兄弟の長男である。小学校に入る年には、朝三時に起きて牛が食べる草を刈りに行っていた。

朝食のあとは田んぼの仕事をし、十時ごろから日暮れまでは、よその家の野良仕事を手伝い、わずかばかりの手間賃を稼いでいた。仕事がないときは弟や妹の子守である。当然、学校には行けない。

十二歳のとき、紹介してくれる人がいて東京に働きに出た。勤めたところはクズ鉄などを回収する小さな商店だった。仕事は金属のスクラップをリヤカーで回収してまわり、それをハンマーで叩きこわして仕分けをする、かなり荒っぽい力仕事である。

賢さんの左手親指は変形して短い。鉄板にはさまれ切断したものをなんとかくっつけてもらったのだそうだ。このときの入院治療代は、「ケガと弁当は自分持ち」と親方に言われ、全額を自分で払ったそうだ。

その左手の小指の下あたりにも、金属片で切ったという長い傷痕がある。これは十七歳のときのもので、二十針も縫ったそうだ。

顔にも、眉毛や鼻筋に黒い傷痕がある。十四、五歳のときの傷である。田舎から出てきたばかりの少年にとって、いかに危険で過酷な仕事であったかがわかる。

凄惨《せいさん》さに言葉を失っている私に、賢さんは「小さい傷だったら、ほれ、このとおり」と、ズボンをまくり上げた。足にも黒い傷痕が無数についていた。

「金もんを扱っていると、ケガは友だちみたいなもんで、まあ、傷だらけのブルースってとこですね」と、笑いながら、ズボンの裾を元にもどした。

こんな厳しい仕事をしていても、三年間は給料がもらえなかった。父親が前借りをして賢さんを年季奉公に出していたからだ。そんなこととは知らず賢さんは、貧しい生活にあえいでいる田舎の父母や弟妹のことを思って、必死に働いていたのである。

ある日、リヤカーに荷物を積んで一人で得意先に届けることになったのだが、途中で道に迷ってしまった。渡された地図を見たが漢字が読めない。途方に暮れているうちに時間がどんどん過ぎていった。

けっきょく、先輩が探しにきて、得意先に平謝りで届けることができた。商店にもどると親方から、「どこをほっついて歩いているんだ!」と、ものすごいけんまくでどなられた。

得意先で仕切り書をポンと渡され、「そこにあんたの会社の住所と名前を書いとくれ」と言われて、目の前が真っ暗になったこともある。書けないのだ。自分の会社の名前も書けないのかと軽蔑されたときの悔しさ、今でも夢に見るという。

そんなことが重なって、勉強しなければダメになると深刻に考えた。ちょうど親方の子どもが小学校の二年生だったので、その子の使い古した教科書をゴミ箱から拾ってきた。それを深夜ふとんの中で広げ、絵と字をくらべながら何回もくり返し読み、少しずつひらがなやカタカナを覚えていった。そろばんは、親方が夕食のあと一時間ぐらい事務所で教えてくれた。それで、なんとか仕事のうえでの計算は大きな間違いをしないですんだ。

そんなある日、親方の留守に見知らぬ男が銅線を売りにきた。不景気のころだったので喜んで買いとった。ところが、それが窃盗品だった。警察官がやってきて、賢さんは警察署に連行された。その男とグルではないかと、疑われたのだ。

もちろん身に覚えのないことだから、賢さんは否定し続けた。そのとき何枚かの書類を見せられたが、それに何が書いてあるかわからない。まかり間違えば、犯罪者に仕立てあげられるところだった。あのときは心臓が凍りつくようにゾッとしたそうだ。

世間を知らないうえに、読み書きができない。このことが恐怖となって賢さんを悩ませ続けた。自己流の勉強は続けているものの、そう簡単に頭に入るものではない。ああ、学校に行っていれば、せめて小学校でも卒業していれば、と歯ぎしりをして悔しがる日が多くなった。

それでもバカにされたくない一心で、二十歳のときに運転免許をとった。先輩に頼みこんで漢字に全部ふりがなをつけてもらい、それをマル暗記したのだ。やがてリヤカーから開放されて、トラックのハンドルを握るようになった。しかし、学校に行っていない、漢字の読み書きができないという劣等感がずっとつきまとっていた。

ある日、ふと見たテレビで夜間中学を知った。年齢に関係なく、小学校程度のやさしい勉強から教えてくれるというのだ。体が震えるほどの衝撃を受けた。さっそく仕事帰りに夜間中学へ寄った。乗ってきた四トンのトラックを土手のそばに止めて、学校まで歩いていった。ちょうど昼間の中学生が門から出てくるところだった。

電柱の陰でタバコを吸うふりをしてじっと門を見つめていたが、胸がドキドキして中に入れない。その日は、時間が早すぎたから、と自分にいいわけをして商店にもどった。その後、何度か学校まで来た。学校の周りを一時間ほどぐるぐる回って、それでも決心がつかずに帰ったこともある。とぼとぼ帰る自分が泣きたいほどに情けなかった。

学校の近くまで来ること十回目、賢さんは勇気をふるって門をくぐった。緊張してコチンコチンになっている賢さんに、私が「もう大丈夫です。安心してください。ここはあなたのような人のための学校です」と言うと、賢さんの大きな目から涙がこぼれた。

賢さんの恋人

やがて賢さんの生まれて初めての学校生活がはじまった。私が担任をしている基礎クラスで、漢字の初歩からの勉強をはじめた。

テキストに「土」という漢字が出てきたときのことである。私は「土」の字の成り立ちについて、下の横線が大地を表し、十が草木の芽を表す。つまり、大地に草木が芽をだした様子を表したものだ。と絵を描いて説明した。

すると七十年配の生徒たちが口々に言う。

「この字を考えた人は、何日も何日も地面をながめ、草木が芽を出すのを見ていたんだろう。芽が出て、うれしくってこの字思いついたんだろうね、エライね」

「わたしら草木の芽を何年もながめてきたけど、字なんかなんも思い浮かばなかったもんね。浮かぶのは食べもののことばかり。ああこれがイモなら、カボチャなら、ってね」

そんなこんなの話から、田舎の話になった。

土と草木のイメージは遠い故郷を思い出させる。賢さんも、幼い日の草刈りや野良仕事のことを話した。

黒板に書かれた「母」という漢字をじっと見ていた人が、「字のなかの、点々は涙に見える」と言った。そしたら、まわりの人も大きくうなずいて、苦労の多かった母のことをこぼれるように話し始めた。賢さんは、話を聞きながら目を真っ赤にしていた。

いままで字で苦しみ、字に傷つけられてきた人たちである。今、その字を通して、自分の思いを伝え、お互いの気持ちを通いあわせている。字を学ぶことで、自分の世界を広げているのである。

これは喜びであると同時に、五十歳や六十歳になるまでこんなかんたんなことすら学べなかった人たちの悲劇とも言える。そして、この人たちを放置していた政治や社会の冷酷さの証しでもある。もっと早くに学ぶことができたら、今とは違う可能性のある人生を歩いていたかもしれないのだ。

でもよく考えてみると、ほんとうは字が読めても読めなくても、その人を人として大事にする考え方がたいせつではないか。字の読み書きができても、できなくても、すべての人を人として敬愛し、社会参加を工夫しあい、心豊かに生きていけるような社会にすべきなのだ。

秋の運動会の日、昼休みに体育館で人だかりがしていた。天井から下がっていた太いロープに若い生徒たちが飛びついているのである。なんとか上へ登ろうと手足を使い、顔を真っ赤にして力んでいるけれども、ロープが揺れて少ししか登れない。そこへ賢さんが笑いながらやってきて、手にペッとつばをつけると、腕の力だけで楽々と上まで登ってしまった。「スゲェー」と見ていた生徒たちから歓声があがった。腕や肩がケタ外れに強い。十二歳から金属を満載したリヤカーを引っぱり、鉄などの重量物を朝晩、移動させていたからだろう。

「肩の筋肉がね、私の場合はもり上がっているんですよ。あのころはフォークリフトなんてものなかったからね、重いものはなんでも肩にかついで運んだんです。今でも、肩にだったら二百キロ以上のせられますね。セメント袋だったら九個かな……」

若い生徒たちはうっとりと聞いている。尊敬のまなざしである。

「でも一種の職業的変形だからね、オレの肩は。背広は既製服だと肩のサイズが合わないから注文になってしまう。高くついちゃうよ」賢さんは照れ笑いをしながら言った。

運動会が終わり、職員室でお茶を飲みながら今日のことを興奮気味に話しているとき、賢さんが目を細めていった。

「今は学校が楽しくってしょうがない。学校に来ると、仕事の疲れなんか、いっぺんにふっ飛んじゃうもの。学校に通い出してから、みなに明るくなったねって言われる。何かいいことあったんじゃないか、恋人でもできたんじゃないかって言われる。だから言ってやるんですよ。おう、恋人できちゃったんだ。夜間中学という恋人がね。みな、きょとんとしているよ、ハハハ」

聞いてる私たちも心から楽しくなる。

少女のなみだ

こじきと言われて

夜間中学にはさまざまな人生を歩いてきた人たちが集っているが、私たちの学校では、その体験を聞く会を開いている。体験談のなかでも、とくに子どものころの思い出は、涙とともに深い感銘をみんなに与えるものである。

「放浪人生」と題して話してくれた千代子さんは、昭和十八年に東京の下町で生まれている。家族は、父、母、兄、千代子さんの四人だった。以下、千代子さんの子ども時代の話である。

お父さんの仕事は、馬にリヤカーをつけて荷物をはこんでいました。お母さんも、男の人にまじって「よいとまけ」の仕事をしたり、いろいろなことをして私たちを守ってくれました。

そのお母さんが、私が小学校の四年生の時、交通事故で亡くなりました。そのあと、お父さんとお兄さんはケンカばかりしていました。そして、お父さんは私を連れて家を出ました。

それからいろいろな所へ行って、お父さんに仕事があるときは屋根のある所で寝ました。けれども仕事がないときは、外で寝ました。そうすると子どもがやってきて、「こじきがいるよ」と言って、私とお父さんに水をかけ、バカにしました。

くやしかったけど、私は今に見ていろと思っていました。今はつらいことばかりでも、大きくなったら私も仕事をさがす。そして、いっしょうけんめい働いて、お父さんを助けようと思っていました。

お父さんは私と家を出て、はじめに私を施設にあずけて、一人でどこかに行ってしまいました。私はお父さんに会いたくて施設をとび出し、お父さんをいっしょうけんめいさがしました。泣きながらさがしました。

いろいろな所をさがして、やっとお父さんのいどころを見つけました。お父さんは品川の飯場で働いていました。私がたずねていったら、ほんとうにびっくりした顔をして、「よくわかったなあー、よくきたなあー」と言って、泣きながら抱きしめてくれました。そのとき、私は十一歳でした。

それからお父さんと飯場でくらしました。お父さんはそこで仕事をし、私はそこのおばさんのお手伝いをしました。朝起きると、大バケツで何度もたるに水を運びました。それが終わると、板に付いているクギを抜くことをやって、夕方になるとおばさんといっしょに買い物に出かけました。私はこの買い物が楽しみでした。

雨がふるとお父さんは仕事が休みなので、飯場の外につれていってくれました。本とかいろんなものを買ってくれました。とてもうれしかったです。私は雨がふると、わくわくしました。

飯場の仕事がなくなって、山谷でくらしはじめました。お父さんは解体の仕事をしました。私は山谷から日本橋までの都電の線路に沿って、タバコの吸いがらを拾いました。吸いがらがたまったら皮をむいて巻きなおし、一箱三十円で街角で売りました。

タバコを売り終わると、足立市場のなかに落ちている野菜を拾い集めて、町の中を売り歩きました。売ったお金は、ドヤ（簡易旅館）代の一部やごはん代など生活のたしにしていました。

それから、だんだんお父さんの仕事がなくなり、ドヤ代が払えなくなりました。それでドヤを出て、また外で寝るようになりました。お寺の境内で寝ているときに、その寺の人が「仕事をする人をさがしているよ」と教えてくれました。

それは上野の山でお寺をこわす仕事でした。そこには私もいっしょに行って、板のクギを取る仕事を手伝いました。何日かドヤでくらせました。上野の仕事が終わると、また外で寝ました。ガード（陸橋）下や公園で寝ました。

そして足立のほうへ移り、今度は朝早くから紙クズや段ボールを集めて〝しきりば〟へ売り、そのお金で生活していました。そのうちお父さんの体のぐあいが悪くなりました。でもお金がないのでお父さんは病院に行かずがまんしていました。

みかねた町の人が病院に連れて行ってくれました。お医者さんは、お父さんの病気は胃ガンだよと言われました。私はどうしたらいいのか、とほうにくれてしまいました。これからはお父さんの面倒をみないといけないと思い、がむしゃらに仕事を見つけて働きました。

十三歳のころです。納豆や梅干しを売って歩きました。そのときもまた子どもたちに、「こじきだ！」と言われ、追いかけられ、いじめられました。とてもつらかったです。私と同じ年頃の人が楽しそうに学校に行く姿を見て、お父さんのことをうらんだりしました。

「学校へ行きたい」とお父さんに言ったら、「今は学校どころではない。とんでもない」と言われました。そして、カメラのケースを作る会社に住み込んで働く仕事を見つけてくれました。

給料日にお金をもらいにいったら、先にお父さんがお金を受け取っていました。がっかりしてお父さんに文句を言うと、「お金がないんだからしょうがない」と言われました。でもそのお金は、お父さんがお酒を飲んで使ってしまいました。

十六歳のとき、三年間働いたその会社をやめて、そば屋にかわりました。そば屋も住み込みで働きました。お父さんは、一人で紙くずを集めてくらしていました。

私はお金を少しずつためて、お父さんといっしょに住める、小さなアパートを借りようと思っていました。

ところが十八歳のときに、お父さんの容体が急変し、あっという間に亡くなってしまいました。近所の議員さんが役所にお願いして、お父さんを火葬にしてくれました。

私はお父さんといっしょに住むことだけを励みに仕事をしてきたので、お父さんが亡くなったあとは、ふぬけみたいになってしまいました。

そのあと、千代子さんは二十歳で結婚して、ビル清掃の仕事をしながら二人の子どもを育てている。夜間中学へは福祉事務所の紹介でやってきた。

あそこの曲がり角

千代子さんが中学生の年齢のとき、足立四中はすでに夜間学級があった。千代子さんは、その夜間学級にすら通えない境遇だったのである。夜間学級に通えるようになったのは、それから四十年も五十年もたってからである。

足立四中に夜間学級ができたのは、昭和二十六年である。家庭貧困のため昼間働いている子どもたちに教育の場をと、伊藤泰治校長が奔走して開設にこぎつけた。東京都内で最初の夜間中学である。開設当時、夜間学級で学んでいた十四歳の女生徒の作文がある。彼女は中学一年の秋に上京し、親戚にあたるおばさんの家で子守や家事手伝いをしながら夜間中学に通っていた。

学校からの帰り道。酔っぱらいが声をかける。

「ねえちゃん、今ごろ学校の帰りかい。映画でも見てさぼったんだろう」「それとも先生に叱られて……」

そんな声を後ろに聞いて、ゆっくりあそこの角まで歩いて行った。夜間中学に通い始めたころは、そんな酔っぱらいの言葉がしゃくにさわったが、今はもう馴れてしまっているから何とも思わない。

「あそこの曲がり角」そこは私の通る道で、一番楽しい道だ。電車道を横断していくと、すぐ「あそこの曲がり角」の細い路地がある。

三ヵ月位前から、あそこの道を通り始めた。

薄暗い道で人もそう通らない。自動車や、電車の音も聞こえない、といったら少しおおげさかもしれないが……。

その路地を通り抜けるのには、ゆっくり歩いて、たったの三分か四分、普通の人だったら二、三分だろう。私の場合は、その路地に通りかかると一番最初に、死んだ母に「おやすみなさい」の挨拶をする。それから東京にいる兄とお友だち、先生。

そして最後にどこにいるかわからない、姉と二番目の兄に挨拶をする。一日も早く居所がわかるように、どんなことがあっても人に迷惑をかけるような悪い行いを決してしませんように、どうか天にいらっしゃるお母様見守ってあげて下さいと。

もちろんそんなことを考えている間に、あそこの路地は通り抜けて明るい商店街に出て歩いている。お店の前にまいてある水が凍ってしまって、履き古したゆるい靴をはいている私の足が、あやうく滑ってしまいそうだ。今ごろ田舎では、名物のからっ風が吹きまくってもっと寒いだろうなあ。今ごろ、父や母、妹は何しているかしら。

学校に納めるお金は一銭も持っていかれず、教科書だってノートだって満足に買えない。雨が降るとかさはない。あっても満足なかさは一本しかなく、それは父が持っていった。雨が降るといつも朝けんかが始まる。そして兄はいつも、かさなしで学校へでかけた。まだ小さかった私は、ボロの破れかさを持っていった。恥ずかしさに身をすくめながら、みんなより遅れて学校に行った。

そんなことより、もっとつらかったのは、お金の問題だった。兄たちと同じように、たった十円のクラス会費さえ払えなかった。学校に行くと会計係から責められ、友だちに白い眼で見られた。

もうずっと前から催促されていて、これ以上忘れたと、うそをつくわけにはいかなかった。家へかえって、ワァワァ泣きながら何度父母につめよったかしれない。父は困り果てた顔をして「あしたまでになんとかしてやる」と決まり文句を言うのだった。

事業に失敗して大穴をあけ、失業しているのだ。毎日足を棒にして職を見つけに歩いた。でも思うようにはいかない。顔はすっかり老けてしわがより、頭には白髪がめっきり増えた。そんな父を見るたびに、すまないと思う。

すまないと思いながらも、学校でのことを思うと、つい父を責めてしまう。母は「ないものはないのだから仕方がない」と冷たく突っ放した。

毎日毎日の生活で私たちには、母の愛情は一かけらも、もらい受けられなかったように思う。いくらお金がなくても、もっとやさしく愛情をもって接してくれたならと思う。

兄も姉も愛情に飢えていたのにちがいない。

その証拠に、ちょっとやさしい言葉をかけられても涙を出したし、やさしく悪いことをたしなめられると、少しずつでも直しているようだった。

でも母は違う。頭から叱りつけ、ひっぱたく。それも、毎日借金取りが来るし、電気代、水道代、なんだかんだとお金のことばっかり。

母の内職だけでやってきたのだから、気の立つのも無理はないと思う。

それに、学校のお金どころではなかった。

二度三度のごはんも、満足に食べられず、おかずは塩をかけて食べた。ほんとにご飯を腹一ぱい食べられない事ほどつらいことはないと思う。食べ盛りだった二番目の兄は、そんな暮らしに負けてしまい、悪の道へ入ってしまったのだ。だから私は、兄や姉を必ずしも悪い人間だと思わない。

兄や姉が今どこにいるかわからないけれど、きっと気持ちよく仕事をし、楽しく暮らしていると思う。そして、人の役にたつ仕事をしていることと思う。

今日も、あそこの曲がり角を通りながら考え、そうあってくれるように祈った。いくら食べ物が豊富でなくても、服につぎがあたっていても、清潔であればなんともない。家族全員が、協力しあい、助けあってやっていけば、貧しいながらも、暗い電灯の下から明るい笑顔が流れ、楽しい話し声が生まれてくるのではないかと思う。

ねじりハチマキ

サンマ漁船

谷さんは、昭和十三年に茨城県の漁師町で漁師の二男として生まれている。

七歳のころから父親の漁船に乗り、朝早くから手伝いをした。十三歳ではいっぱしの漁師きどりだった。漁に出ない日は、畑仕事や水産加工の手伝いをしていた。

学校にはまったく行かなかった。家は一晩中、イワシを煮る臭いが充満し、家の前の空地には、イワシが干してあった。煮干しを作っていたのだ。

十五歳のとき、友だちといっしょに家出をした。

小さな漁村でイワシに囲まれての生活。ただだらだらと続く貧しい生活。なんの希望も持てない生活。つくづくイヤになり、東京へ行こう、と思った。谷さんの自立心が外へ向かって熱くなったのだ。しかし、上野駅で警察につかまり、交番に連れていかれて、田舎へ帰された。

帰されても、やっぱり家を出たくなる。そのあと何度か家を出たが、全部失敗。それでも外へ向かう心はくすぶり続けた。

家出をくり返す息子に困りはてた父親は、長期間出漁するサンマ漁船に谷さんが乗れるよう段取りしてくれた。当時、谷さんは十六歳。若すぎると難色を示す漁労長に、父親が何度も頭をさげて頼み込み、やっと乗船することができたのである。

三十人乗りの船で最年少だった。仕事は飯炊きの手伝い。給料は漁師たちの半分である。それでも谷さんは喜んだ。家を離れ、田舎を離れて遠くへ行けば、希望があるような気がしていたからだ。

谷さんの乗った六十トンの漁船は、九月に出港した。十二月までサンマを追いかけ、一月からイワシ、五月からマグロとカツオを追った。一年の大半が海の上での生活である。

北海道や青森、岩手の港へ何度も立ち寄った。けれども、谷さんには、寄港し上陸したはずの街の風景が思い浮かばない。漁師たちが陸に上がって街に遊びに行ったり、銭湯に行っている間も、谷さんは食料の仕入れに走り回っていたからである。船で酒盛りが始まると真夜中でも酒を買いに行かされた。

一番年下だったので、皆に用事を言いつけられていた。人使いは荒いし、言葉は乱暴。仕事はきついし、給料は安い。十八歳になったとき、何もかもイヤになり、仕事を放り出して船から逃げた。漁船が岩手県三陸海岸の港に寄港したときだった。

あとさき考えず、発作的に飛び出したので住む所もなければ、仕事のアテもない。安宿に泊まり、時には野宿をしながら海岸沿いを放浪し続けた。放浪というより逃亡という感じであった。

流れ流れて

父親が何度も頭を下げてやっと乗せてもらった漁船を勝手に飛び出したので、故郷へは絶対に帰れない、谷さんは固く思い込んでいた。

やがてサンマ漁船で稼いだお金は使い果たした。疲れ果てて、仙台近くの海岸で海を眺めてぼうっとしていると、近くで弁当を食べていた作業服の男に声をかけられた。鳶《とび》の仕事を手伝わないか、という。

願ってもない話なので、住み込みで鳶の見習いとなった。仙台近郊のビルやアパートの建築現場へでかけて、足場を組んだり、解体したりしていた。

ところが五年後、親会社が倒産し、あおりで鳶の親方も仕事をたたんでしまった。谷さんは失業。再びアテのない旅に出た。なんとなく南へ向かった。所々で日払いの仕事を見つけて、宿代を稼いでいた。宿代がなくなると、公園などで寝た。

時には、半年間とか一年間の仕事をすることもあった。まじめに働くので、見込まれて現場を任せられることがあった。すると谷さんは、その仕事をやめた。学校に行っていない谷さんは読み書きができない。作業日誌や報告書類が書けないからだ。

三十代はダムなどの工事現場で働き、飯場から飯場を渡り歩いた。四十代は、おもに造船所の船台の足場づくりの仕事をやった。

ある日の仕事帰り。人影がまばらになった岸壁に、じっと海を見つめている老人がいた。船から降りて引退している人だろう。頭になごりの手拭いハチマキをしている。背をまるめて、一人ぽつんと海を見ている。その姿が父親とダブッて見えた。無性に故郷がなつかしくなった。

三十何年ぶりか、故郷の家に電話を入れた。

母は五年前に病死。父は漁師を廃業し、酒に溺れる毎日。失業中の兄は、谷さんの身勝手さを罵倒した。実家はすさみ、故郷に谷さんの帰る場所はなくなっていた。

泣くな
恨むな

振り向くな

これは、谷さんの口ぐせの言葉である。この言葉を呪文のようにつぶやきながら、谷さんの孤独な旅は続く。

そして五十代、東京に出てきて山谷のドヤに住み、日雇いのその日暮しを始めた。長年の不規則で不摂生な生活がたたり、体はボロボロになっていた。

工事現場で倒れ、救急車で病院に運ばれて入院。手術。医師から就労ストップ、長期間の療養を言い渡されて退院。福祉の援助を受けて都営のアパートで生活をするようになった。

体調が良くなってきたころ、テレビで夜間中学を知った。小学校や中学校に行けなかった人たちが、年齢や国籍に関係なく勉強している。ひらがなから勉強している人もいる。公立のため、費用はほとんどかからない。

小学校に一日も通っていない谷さんは、目を見張った。こんな学校が、高学歴、物余り、飽食のこの日本に存在することに驚いた。そして、この夜間中学で、「あいうえお」から勉強したいと切望するようになった。

しかし一方で、六十一歳にもなって、「あいうえお」なんて、バカにされるんじゃないか。今更、字を覚えて何になる。第一、脳みそがサビついて働かないのではないか。少年期からずっと持ち続けてきた劣等感が頭を持ち上げる。

鰯雲《いわし》

葛藤を続けていたある日、窓を開けたら空は鰯雲だった。何かにつかれるような思いで屋上に上がった。空一面に淡く白い鰯雲が広がっていた。

白い雲の小斑点の連なりは、海面のさざ波のようである。さらにじっと見ていると、小斑点は、しだいにイワシの群れに見えてくる。そうすると、体が熱くなる。イワシの群れを見つけた親父の、興奮した声が聞こえてくるような気がする。

この鰯雲を、漁師はイワシ大漁の兆しとした。

昔、イワシの群れは目で探した。目のとどかないところの魚群は、その上のカモメの乱舞で知った。漁師のカンと運でとっていたのだ。今は機械でとっている。どの船にも、高性能の魚群探知機が取りつけてあるからだ。

空一面に広がる鰯雲。そのずっと彼方。ビルの向こうの住宅地のずっと向こうに、港があるだろう。港には、今日も漁船が出入りしているだろう。

谷さんは、屋上から空一面の鰯雲を見ているうちに、やっぱり夜間中学に行こうと、決心した。

すぐに学校へ電話をし、その日のうちに学校へ出かけた。生まれてはじめての学校である。

「勇気を出してよく来てくれました。今までのご苦労が、あなたをこの学校へ導いてくれたのですね……」

応対してくれた夜間中学の先生の言葉に、谷さんは熱い涙をこぼした。

思いおこせば、イワシのような人生だった。

周囲から〝いやしい〟〝弱い〟とさげすまれているイワシ。ハマチやマグロに追いかけられ、逃げ回っているイワシ。

〝いやしい〟、〝弱い〟、〝逃げ回る〟

まあ、言ってみれば、自分の人生みたいなもの。だから今でもイワシが憎めない。イワシと出会うと、故郷と会ったような気になる。

しかし、〝イワシのような〟と言っても谷さんの場合は、群れから離れた「はぐれイワシ」である。つねに孤独であった。他に依存しないことを自立というのなら、谷さんの半生は自立そのものであるが、それはどこか哀しい。

谷さんは各地を転々とし、仕事もたくさん変わったが、唯一、変わらないものがある。それは、頭に巻いたねじりハチマキである。仕事中、これをしていないと落ち着かない。

もともとは、作業中に汗が目に入らないために締めたもので、汗どめともいった。今は漁船でも、手ぬぐいハチマキの代わりに帽子やヘルメットをかぶる。ねじりハチマキは谷さんが、七歳で初めて漁船に乗った時、父親が教えてくれた。

以来、ずっとやっている。これを締めると、気持ちが引き締まる。

谷さんは、アパートの部屋で字の練習を始めるとき、いつも頭にねじりハチマキをする。ハチマキをすると、気持ちが引き締まる。

ねじりハチマキは、言わば、〝イワシの谷さん〟自立の旗印である。

風に誘われ

天神さま

春の夜風に誘われて、生徒さんたちといっしょに亀戸天神へでかけた。藤の花が見ごろで、ライトアップされている、と聞いたからだ。授業を早めに切り上げ、学級活動の時間を利用しての見物である。

「天神さまの藤の花」と聞いただけで、年配の生徒さんはうっとりした顔をする。若い生徒たちは、ライトアップされた神社ってミステリアスと、目を輝かせる。私も夜桜は見たことあるけど、夜藤というのは初めてなので興味津々である。
道々、年配の生徒さんは、「とうりゃんせ」の歌を口ずさんでいた。

♪ここはどこの　ほそみちじゃ
　てんじんさまの　ほそみちじゃ♪

「細道はどこにもないね。道は大きい。ネオンは華やか」

♪行きはよいよい　帰りはこわい♪

「ピンクサロンのことだ!」
みんな、わいわいガヤガヤ、勝手なことをおしゃべりしながら歩く。
やがて亀戸天神に着いた。
人影はまばらだったが、藤の花は満開だった。満開の藤の淡い紫色や白色が、藤棚に取りつけられた裸電球に照らされて、ぼおっと美しい。夜空にはおぼろな月が浮かんでいる。

藤の香りもあたりに漂い、すべてがやさしくしっとりとした風情である。生徒さんたちは、藤棚の下や池のほとりでそれぞれの思いのなかを歩いていた。

「植物の蔓《つる》って右巻きなんだって。せんせー、知ってた？」

いっしょに歩いていたペンキ職人の若い生徒が話しかけてきた。

「知らなかった。そんなこと考えたこともなかったよ。でもなぜ右巻きなんだろうね」

「左巻きはバカ巻きだからじゃないの。左は良くないって、親方も言ってたよ。へへへ」

そういえば、「左官にはどうして左がついているんだ。右は大工か？」と聞きにきたパンチパーマの生徒もいたなあ、などと藤の風情とは似つかないことを思い出していた。

亀戸天神からの帰り道は、この春入学したばかりの、まだ言葉づかいや動作にぎこちなさの残る十五歳の少年とずっと話をしていた。

母親の話だと、彼は小学校の時から欠席がちで、中学校はほとんど行っていない。学校を休んでいる間、野鳥の観察や写真撮影をしていた。

「鳥とは仲良しなんですが、肝心の人間とのつき合いができなくて、困ったもんです」

〝困ったもんです〟という母親の電話の声が笑っていた。

彼の家の庭には木がたくさんあるそうだ。

その木にエサ台を作って、寄ってくる鳥を観察するという。エサは、パンの切りクズやヒマワリの種、ミカンの輪切りなど、季節季節で彼がいろいろ考えて用意するのだ。

「冬には十種類ぐらいの鳥を観察できる」

ぽっつりぽっつり語る言葉だが、鳥に対する彼の熱い思いが伝わってくる。

彼は「野鳥の会」に入っている。そこが主催する〝愛鳥写真コンクール〟に、秋と春、連続して入選しているそうだ。

「鳥と仲良しなんです」と言った母親の言葉を思い出した。写真は、その仲良しの鳥との共同作品なのだ。そう思うと、私はあたたかい気持ちになった。

別れるときに彼は、明るい顔で言った。

「今度の休みは館山に行きます。探鳥会に参加するんです」

登校拒否を精神的な病気だとみる人がいる。怠けだ、甘えだ、と言う人もいる。しかし私はそのような見方をとらない。登校拒否は、点数や管理、比較競争で硬直化した学校の情況に対する、彼らの無言の表現、異議申立てなのだと考えている。

昼間の学校を登校拒否し夜間中学で生きいきと学校生活をおくる彼らを見て、一様に昼間の学校の息苦しさを語るのを聞いて、そう考えるようになった。

さて、野鳥の好きな少年は一日も休まないで夜間中学に通い続けている。その彼が、ある日、授業を終えて教室を出ようとする私を呼びとめた。

「先生、あのカレンダーの絵、もらっていいですか?」

指さすカレンダーには、小枝にとまった小鳥の絵が淡い色調で描かれていた。ちょうど月末だったので、その絵を新しい月のものに替えなければならなかった。了解すると彼はうれしそうに絵をはずした。

絵のなかの鳥の名前を聞くと、彼は即座に「うそ!」と答えた。「うそ?」、私がケゲンな顔をすると、「はい、うそ、という名の鳥です」と、弾むような声が返ってきた。

「〝嘘〟だなんて、かわいそうな名前だ」

私が言うと、彼はケラケラ笑って説明してくれた。

「鷽みたいな字の〝鷽〟ですよ。この間行った亀戸天神では、一月に〝うそ替え〟といってこの鳥の木製を交換する神事があるんですよ」

〝うそ〟という鳥が存在することを初めて知った。〝鷽〟という字も、亀戸天神の

〝うそ替え〟も初めて知った。

鷽という字をよく見ると、冠が學の字に似ている。さすが学問の神様と縁のある鳥だ、と思ったりもした。

この晩は、小鳥大好き少年のおかげで私も少し賢くなったような気がした。

ひめりんご

秋の日曜日、東京都内の夜間中学校八校の合同運動会が八王子市であったときのことである。八王子は東京の西の端にあるため、私の学校からは、二時間もかかった。

疲れた、もうダメ、など口走っている若い生徒たちをなだめながら、校庭の樹木の下に、ビニールシートの応援席を作り始めた。日ざしが強かったので、年配の生徒は、三々五々、校庭の周りに植えてある樹木の陰で休んでいた。

応援席がほぼ出来上がったころ、いっしょに作業をしていた十代の生徒が、突然、

「先生、先生！　あれ見てー」と、すっとんきょうな声をだした。

彼が指さすほうを見ると、赤い実がたくさんついている木があった。どこにでもありそうな校庭の木。誰も気にもとめないような地味な木である。

その木に、七、八人の年配生徒が群がり、赤い実を食べているのだ。食べているのは全員、中国からやってきて夜間中学で日本語の勉強をしている人たちである。あっけにとられ、目をまるくして見ていた若い生徒が叫ぶ。

「すげぇー、あの人たち、葉っぱまで食いつくしそうだよ」

そして心配する。

「あんなヘンなものそのまま食べて、食中毒になるんじゃないの」

「勝手に食べて、この学校の先生に叱られないかなあ……」

物事には節度というものがある。よそのものを勝手に食べてはイケナイ。そのことを伝えなければと思ったが、なにせ日本語がまだわからない人たちである。私は、中国語の達者な日本語クラスの先生にこの不意の出来事を伝えた。

日本語クラスの先生は、なめらかな中国語で二言、三言、声をかけ、そのあとはニコニコ笑って見ていた。その先生によると、あれは「ひめりんご」の木で、生徒の出身地、中国・東北部の田舎にはどこにでもあり、春には白い可憐な花を咲かせ、秋に赤い実をつける木だそうだ。小さくてもりんごだから、食べられるのだそうである。

中国の東北部・黒龍江省の厳しい自然の中で生活をしてきた人たち。ひめりんごは、その人たちの心を慰めてきた木だったのだろう。言葉がわからない日本での生活も厳しいものがある。ちょうど渡日して半年、辛さが身に染みる頃である。ひめりんごをどんな思いで食べていたのだろうか。

運動会なので、ごちそうが用意されていた。みかんやりんごやバナナもたくさんあった。でも、どんなごちそうも、故郷をしのばせるひめりんごには、かなわなかったようである。

それから数日後、書道の時間に好きな言葉を書いてもらったら、「黒龍江省」と、大きく書いた人がいた。運動会の日、目を輝かせてひめりんごを食べていた人である。

中国黒龍江省。ひめりんごの故郷。どんな所だろう。

燃えるような真っ赤な夕陽が地平線の彼方に沈む、そんな所かもしれない。「黒龍江省」の力強い文字を見ながら、私もまた遠い黒龍江省に思いを馳せたのである。

かわいい保護者

私の学校の生徒は、登校すると「こんばんは」とあいさつしながら職員室に入ってくる。職員室のなかにある名札をひっくり返しにくるのだ。

今年はその名札のそばに小学校一年生のかおるちゃんが立っていて、一人ひとりにあいさつをしていた。

かおるちゃんは、おかっぱ頭で目のくりっとした、お人形さんみたいな女の子だ。かわいいかおるちゃんにあいさつされると、誰もが目を細め、口もとをほころばせる。

かおるちゃんはお母さんにつきそって学校にくる。お母さんは中国から来た人で、日本語が不自由なのだ。かおるちゃんは昼間の普通の小学校に通っている。日本語はあっという間に覚え、日本の生活にすっかりとけ込んでいる。

だがお母さんは大変だ。慣れない日本での生活、しかも年配になってからの日本語の勉強、四苦八苦している。だからかおるちゃんは教室のなかでお母さんのそばにすわり、何かと世話をやいている。

「鉛筆は三本削っておかないとダメよ。プリントはノートの左においてね」

つまり、小さな保護者なのだ。

お母さんはわからないことがあると、横でお絵かきをしているかおるちゃんに聞く。かおるちゃんは、最初はていねいに答えていたが、回数が多くなると面倒くさくなるのか、「自分で考えなさい！」とぷいと横を向いて、お絵かきを続ける。

ある日、かおるちゃんがお母さんといっしょに教室へ行かない。授業が始まっても、職員室の名札のそばから離れない。教室に行く気配がまったくないのだ。

女の先生が、「あらっ、かおるちゃん、お母さんのお手伝いしなくていいの？」と声をかけた。

「いいの、お母さんは一人でお勉強なの。自分でやらないと、ダメなの」

かおるちゃんがませた口調でキリリと答えたので、職員室の先生たちはふきだしてしまった。

教室にいかないかおるちゃんはずっと名札のそばに立っていた。遅刻してきた作業服姿のお兄さんに、「どうして遅れたの?」と聞いている。

「ちょっと残業があったから……」

「残業ってなあに?」

「残業って、ええっと、仕事の終わりの時間がくるでしょ。だけど残って仕事をするの。居残りの仕事つうか……」

「残されちゃうの? 悪いことしたの?」

「いや、なんつうか! 先生、助けてよ!」

お兄さん、ほうほうの体で、教室へ逃げていった。職員室は大爆笑!

かおるちゃんは相変わらず立っていて、遅刻の理由をいろいろ聞いている。遅れた生徒たちは、頭かきかき答えていた。時には年配の生徒さんから、頭をなでられお菓子をもらって喜んでいた。

生徒の登校が一段落すると名札の前を離れ、授業に出ている先生の空いた机を一巡する。

それぞれの机で、歌を歌ったり、ひとり言を言ったり、絵を描いたり、声を出して絵本を読んだりする。ひと時もじっとしていない。静かになったなあ、と思って見てみると、こっくりこっくりいねむりをしていた。小さな背中は、男物のジャンパーでくるまれていた。だれかがそっとかけたのだろう。

かおるちゃんが名札の前で遅刻の理由を聞いていた次の日は、遅刻がぐんと減った。かおるちゃん効果は絶大であった。

ところが彼女は、やがて名札にも職員室にも飽きて、体育館方面へと校内散歩にでかけた。体育館では、体育の授業がおこなわれていた。

輪投げ、卓球、ビーチバレー、バドミントン、バスケットボール。年齢も体力も違う生徒たちが、自分の選んだ種目を思いおもいに楽しんでいる。

かおるちゃんも仲間にいれてもらい、時間いっぱい遊んでいた。若い体育の先生とも仲良しになり、すっかり体育の時間が気にいってしまった。

やがて、体育のある日だけ学校にやってきて、「体育の先生、遊ぼう！」といった調子で職員室に顔を出すようになった。気のいい体育の先生は、かおるちゃんに声をかけられると、「よしよし」とうれしそうに席をたつのである。

体育館で文化祭の劇の練習が始まった。お母さんといっしょに登校したかおるちゃんは、教室に向かうお母さんと別れて体育館にやってきた。珍しそうに劇の舞台練習を見ていた。その日は欠席者がいて登場人物がそろわなかった。

私は急きょ、かおるちゃんに手伝ってもらうことにした。村人の役である。渡されたセリフは上手に読む。動作もうまい。みんな感心してかおるちゃんの演技を見ていた。ところが途中、何かにつまづいて大きな尻もちをついてしまった。あまりの熱演に足もとが見えなかったのだ。彼女は、まさに火がついたように泣き出した。

劇の練習を中断して、生徒たちが彼女を交代でだっこしたり、頭をなでてなだめたりした。それでも彼女は泣き止まない。やむなく教室のお母さんを呼んできた。

お母さんは泣いているかおるちゃんに顔を近づけ、中国語でなにやら話しかけた。そしてかおるちゃんをだっこした。かおるちゃんの泣き声は、小さな甘え声に変わっていった。

私たちは劇の練習を再開した。

happy hour 第4章

教室のあかり

春

お勝手流

同じ中学校の昼間部で儀式があり、演壇に飾られた花が夜間部のほうへも届けられた。私は白い百合の花束をもらったので、さっそく、教卓に飾った。教室がぱっと華やかになった。ところが、登校してきたみんなの感想はかんばしくない。

「花はうれしいけれど、これは匂いが強すぎる」

「なんかムセルようで苦しい」

やむなく白百合は、花瓶ごと職員室へ撤退させた。

次の日、教室へ向かうと、私のクラスから小さな歌声が聞こえてきた。夏子さんだった。机の上に新聞紙を広げ、大きいペットボトルを、ハサミで半分に切っている。切ったペットボトルの下半分にかわいい千代紙を貼っている。花を入れる容器を作っているそうだ。

だが、花は見当たらない。私が不思議な顔をしていると、夏子さんは教室から出ていった。やがて、両手に野の草花をいっぱいかかえて、ニコニコ顔でもどってきた。手洗い場のバケツに浸しておいたのだという。

こんもり丸いシロツメ草の白い花、紫色の花もある。ペンペン草の小さな白い花。母子草の黄色い花、ホトケノザの赤ピンクの花、名も知らぬ青い小さな花もある。色とりどりである。葉も茎も、またそれぞれに特徴があって楽しい。

夏子さんは四十二歳。越谷の食品工場でパートとして働き、一人で、中学生と小学生の二人の子どもを育てている。複雑な家庭に育ち、極貧のため中学時代は年齢を偽って働いていた。学校には小学校から、ほとんど行っていない。

この四月から夜間中学に通い始めたので、パートの時間を短くしている。収入が少なくなって生活はきびしくなっているが、「でも、やりたいと思ったとき、やっておかないと後悔するから」と、屈託がない。

今日もいつもの通り工場を終え、家で子どもたちの夕飯のしたくをした。それから学校へ向かう途中、畑があるほうへ寄り道をして道草を摘んできたそうだ。

教卓の草花を見て、みんなは郷愁にかられたようだ。シロツメ草で花輪を作った。ペンペン草で音を出して遊んだ。戦時下、道草も食べたよ。はこべ、よもぎ、のびる、……。遠い日の思い出話が尽きない。

「そういえば……」夏子さんが、笑いをこらえながら話す。

「このあいだ、うちの小学生の子の家庭訪問があってね、工場を早引けして家へ自転車でかけつけたの。なんせ毎日バタバタしてるでしょう。テーブルに花のカケラもないのよ。

しかたないから、大きめのワイングラスに水を張って、それにニンジンの葉やレタスのカケラを浮かべたの。イマイチだったので、ミニトマトを二個ほうり込んで、彩りをつけて……。

学生みたいな若い男の先生、めずらしがって、これって何流ですか、って聞くので、お勝手流です、って答えたよ。スゴイでしょう、お勝手流……。今日のは、まあ、道草流、ってところネ」

さすが夏子さん、そいつはおもしろい、ユカイだと、みんなで大笑いしたものである。夏子さんは弱音をはかない。ウラミごとを言わない。逆に幸せを作り出す人だ。まわりの人を幸せにしてくれる人だ。

幸せというのはどこか遠くにあるのでなく、日々の暮らしのなかにある、そのことをいつも感じさせてくれる、そんなステキな夏子さんなのである。

〝幸せ〟さがし

「ひらがな」の練習をしているとき、気分転換をかねて、ことば遊びをよくやった。早口ことばとか、上から読んでも下から読んでも同じことばとか、〝しりとり〟とかである。

ある日、〝しりとり〟を席の順番でやることにした。自分の番になったら前に出て、黒板に〝ひらがな〟で答を書く、という約束で始めた。

たい、いも、もなか、と順調に進んで、タモツさんの番になった。

「もなか……、か、か、か、……」

しばらく考えて、苦しまぎれに叫んだ。

「かかあでんか！」

なぜ〝かかあでんか〟が、出てくるのかわからない。〝か〟なら、カニ、カサ、カラス、カカシなど、短いコトバがいっぱいあるのに。

〝かかあでんか〟と聞いて、ダイスケさんは喜んだ。待ってましたとばかり、口をはさんだ。

「かかあでんか、といえば、からっ風でしょう。からっ風といえば群馬。先生！　群馬のトライアスロンって、知っている？」

「トライアスロンって、鉄人レースのことでしょう。遠泳やって、自転車こいで、マラソンを走る……、それと群馬とどんな関係があるの」

「それぞれ、桐生競艇、水でしょう。前橋競輪は自転車。高崎競馬は陸上を走る。これで三種目のトライアスロン。おまけの伊勢崎オートを加えりゃ四種目……」

ダイスケさん、得意げに群馬県内のギャンブル場を列挙する。

タモツさんが、「先生！　でけたよ。じしんないけんど」と、席にもどる。

黒板には、〝かかてんか〟と大きく書いてある。すぐに夏子さんが指摘する。

「〝あ〟が抜けてるよ。〝かかあ〟なんだから。〝て〟も〝で〟にしたほうがいいよ」

やっぱしな、とタモツさん、首をふりふり黒板へ行く。

〝しりとり〟は続く。かかあでんか・かまど・どんぶりめし、出席の五人が一巡したので、〝どんぶりめし〟……のあとは、順番でなく誰でもよいことにした。

タモツさんが立ち上がった。自信ないけんど、と言いながら、〝どんぶりめし〟のとなりに大きく〝しやあせ〟と書いた。

この〝しやあせ〟から、大混乱がはじまった。

〝しやあせ〟って、なんかヘンだ。

〝しああせ〟じゃないの。

ちがうよ、〝しやわせ〟だよ。

いや、〝しわわせ〟だね。

〝しわあせ〟かなあ。〝しわ〟と〝あせ〟で、〝しわあせ〟って聞いたことがある。

〝しあわせ〟のような気もするけど。

やっぱり〝しやわせ〟だね。だって〝しやわせなら、手をたたこう〟って、九ちゃんが歌っていたよ。

〝しやあせ〟〝しああせ〟〝しやわせ〟〝しわわせ〟〝しわあせ〟〝しあわせ〟

聞いている私も、不安になってくる。〝しやわせ〟だったか、〝しあわせ〟だったか。

当のタモツさんは、違う、違う。その〝しやあせ〟でないと言い張る。オレのは〝しやあせ〟で、〝しやあせ〟じゃないのと、よけいに混乱するようなことを言っている。

タモツさんによくよく聞くと、〝ひやあせ（冷や汗）〟と書きたかったらしい。〝どんぶりめし〟から、すぐに〝ひやあせ〟を連想して黒板にむかったのだ。

ところがタモツさんは、〝ひ〟を〝し〟と発音してしまう。〝ひしがた〟は〝ししがた〟に、〝ひろい〟は〝しろい〟になるのだ。

だから〝ひやあせ（冷や汗）〟が、〝しやあせ〟になってしまった、というわけである。

なあんだと、タモツさんの〝しやあせ〟は納得したけど、でも〝幸せ〟をどう表記すればいいのかはまだわからない。

このややこしい〝幸せ〟の読み方さがしに、決着をつけてくれたのは夏子さんだった。みんなの読み方を一つひとつ国語辞典で調べてくれた。〝しあわせ〟が、正解だった。あいまいだった私は、ほっとした。そして、〝しあわせ〟な気持ちになった。せっかくの疑問、教師がしゃしゃり出て、生徒のみなさんの迷う楽しみ、さがす楽しみを奪ってはいけないのだ、と思ったものである。

でも今でも私は、〝しやわせ〟か〝しあわせ〟か、ヒマヤラかヒマラヤか、エベレストかエレベストか、不安になるときがある。

みごとな表現力

金さんは七十三歳。在日一世のオモニ（お母さん）である。アパートに一人で暮している。気が強くてガンコだからか、友だちが少ない。

学校は何よりの楽しみである。学校には話を聞いてくれる人がたくさんいる。だから、ほとんど休まない。

学校で私に会うと、開口一番、「頭が痛い！」である。日によって、腰が痛い、足が痛い、気分が悪い、などと変わるが、まず体の不調の話をひとしきりする。

金さんの体の不調の話を毎日聞いていると、世の中にはなんといろいろな症状があることかと、感心する。

吐き気、目まい、立ちくらみ、手足のしびれ、関節炎、捻挫、腹痛、腰痛、けいれん、肩こり、かすみ目、ぜんそく、湿疹。

その症状を伝えようとする金さんの表現力がまた、すばらしい。臨場感がある。シクシク、キリキリ、ギリギリ、ぐわっと、もわっと、ぼわっと、キンキン、ガンガン、ザワザワ、ゾクゾク、ジーンジン！

体調不良の話をするときの金さんは、生きいきしている。血圧の変化だって、ドラマチックに伝えてくれる。この話をするために学校に来ているようなものである。

話が一段落して他の人が話し始めると、「先生、授業やろう！　授業！」と、催促する。今まで、「頭が痛い！」とか、言っていたのにである。

「習ったこと、校門を出たらみんな忘れてしまうわ」と、夏子さんが嘆いたことがあった。それを聞いたタモツさんが、「オレなんか、三歩歩くと忘れちゃうよ。イヤになっちゃうよ」と言った。

するとと金さんが、「私なんか、うしろを向いたら、きれいサッパリ消えてるよ。シンパイない、シンパイない」と、不思議な激励をしていた。

「こくご」の時間になったので私が教室のドアを開けたら、金さんがあわてて声をかけてきた。

「先生！　さっきまで算数の授業で、まだ目の前に数字が飛びまわっているよ。頭ん中散らかってるから、片付けるまで少し待ってて！」

〝頭ん中散らかってる〟、こんな表現がさらりと出てくる。このことに私は深く感動したのである。

「泪」という字を学習していたとき、金さんが言った。

「この字、目からナミダを出しているよ。だから〝なみだ〟と読むんだ。おもしろいね。ナミダを目の両方から出せば、もっとわかりやすいのにね」

かつて、文字を一字一字獲得していく喜びを、次のように語ってくれた人がいた。

「ならった字が、街の看板やポスターから飛び出してくるの。飛び出して私のほうに寄ってくるの。うれしいよ！　昨日まで見えなかったものが、見えるようになったんだもんね」

〝昨日まで見えなかったものが、見えるようになる〟学び、発見のある学びを、私たちはやっているだろうか。心うち震えるような感動のある学びを、いまやっているだろうか。

ことばであそぶ

六十五歳のダイスケさんは、幼い日に両親を亡くし上野界隈で浮浪児生活をしていた。闇市屋台の使いパシリをしたり、テキヤさんの手伝いなんかをして小銭を稼いでいた。だからか、ダイスケさんのコトバには、闇市やテキヤさんの口調、口上がよく出てくる。

ある日、ダイスケさんが高い位置にカーテンを取りつけようとしていた。教卓の上に机を乗せて、机の上に角イスを乗せて、その上に乗ってカーテンを取りつけるのである。

みんなは机やイスを押さえながら、心配そうに、「だいじょうぶ?」と声をかけていた。教室に入ってきた私が、「替わろうか」と声をかけると、ダイスケさんの弾んだ声が返ってきた。

「なんのこれきし、なんじゃもんジャのもんじゃ焼き。男は度胸、女は愛嬌、山でウグイス、ホーホケキョウ、ってね」

どんなときでも、みんなを笑わせる。

そのダイスケさんが、授業中に「ギャー」と悲鳴をあげた。足もとにゴキブリがいたのだ。ダイスケさんは、ゴキブリが大の苦手、泣き出しそうな顔をしている。

すかさず隣の金さんが新聞紙を丸めて、「エイ！」と必殺一本。ゴキブリをノックアウトした。みんなから拍手をもらうと、金さん、いい気分でひと言。

「女は度胸！　男は憶病！」

ダイスケさん、〝まいった、まいった〟と、おでこを叩いて大笑い。

なにかの折に、私が「なるほど、そうか！」と言ったら、ダイスケさんが続けて言った。

「そうか、こしがや、せんじゅの先！」（草加、越谷、千住の先！）

運動会のときの、ダイスケさんの意味不明なかけ声は「元気、呑気、たぬき！」。

いじめ自殺が話題になったとき、ダイスケさんが学級日記に書きつけてた言葉。

〝いじめみじめでたらめがっこうどんこのめ〟

休み時間、またダイスケさんが謎かけをやっている。

「小岩には墓がないんだってよ。どうしてかわかる？」

みんな、ワカラナイといった顔をしている。

私は、小岩近辺を思い浮かべて、墓をさがした。

「あのね、〝こいわ、はかない〟からなの。わかんない？　〝恋は、はかない〟って昔から言うでしょう。だから〝はかない（墓ない）〟の」

なるほどナルホドと、やっとみんな納得の笑い。

それじゃ、「白い犬のしっぽ、って何のことかわかる？」とダイスケさんが聞く。

「白い犬のしっぽ？」みんな、きょとんとしている。

「白い犬のしっぽは、尾も白いだろう。だから、おもしろい。ね、おもしろいでしょう」

言われてなるほど、おもしろい。みんなでゲラゲラ笑いあった。

他人から見ればバカバカしいことかもしれないが、そのバカバカしい笑いが教室の心地よさを作り出している。

ダイスケさんは言う。

「コトバは、お金がかからない。バカ言って笑って、元気がでれば、安上がりだよね、せんせ！」

ひととき、仲間たちと安心して笑い転げることができる。これがどれだけたいせつなことか。笑いは、すべての思想、信条、国籍、年齢、学力、地位、プライドを越えるものである。

夏

ひとみちゃん

十六歳のひとみさんが入学してきた。いじめが原因で対人恐怖となり、小学三年から、ずっと学校に行かないで、家にとじこもっていたそうである。

目のくりっとした小柄な女の子である。声が小さい。行きと帰りは、お母さんといっしょである。みんなは、ひとみちゃんと呼んだ。

金さんは、可愛い孫ができたと大喜びである。夏子さんは、このクラスでは私が一番若かったのに残念、でもにぎやかになって嬉しい、と言っていた。

タモツさんとダイスケさんも、やっぱし、若いってイイね。華があるね。教室が明るくなったよ、と喜んでいた。

みんなは、ひとみちゃんによく声をかけていた。かわいい服だね。寒くないかい？今度は体育だからね。緊張ぎみだったひとみちゃんに、笑顔がこぼれるようになった。

ひとみちゃんは小学三年からの漢字練習をやる。他の人は「ひらがな」から小学二年ぐらいの漢字なので、不明な漢字や、地図帳の小さい字はひとみちゃんに読んでもらう。みんなは大助かりである。

ひとみちゃんは歌うのが苦手である。声が小さいので、一歩引いてしまうのだ。音楽の時間、気のすすまないひとみちゃんを連れていくのは、歌が大好きな金さんである。いつもひとみちゃんといっしょに一番前の列の席に座る。

金さんは声が大きいうえに、音程がはずれるので、まわりの人のヒンシュクを買っている。

しかし、まったく気にしない。大声でハチャメチャな音程でご満悦である。

音楽の男先生は、本人が気分良く歌っているのだから、ま、イイか、と大目に見てくれる。ひとみちゃんは、金さんのおかげで小さい声が目立たず、安心して歌っている。

家庭科の手芸の時間。金さんは老眼なので針の糸通しがうまくできない。助けをもとめたひとみちゃんも、針の糸通しはやったことがない。二人とも夏子さんの世話になった。

次の週の家庭科の時間、ひとみちゃんは金さんの針に糸を上手にとおしてくれた。給食の時間に金さん、喜んで顔くしゃくしゃにして、報告してくれた。

ひとみちゃんは毎日、家で針の糸通しを練習したのだそうだ。それを聞いてみんな、またまた大感激、牛乳ビンで乾杯、となった。

ところが、入学以来、ひとみちゃんはまだ給食に手をつけていない。牛乳も飲んでいないのである。でもニコニコ顔で給食の話題につきあってくれている。

みんなはずっと気がかりだった。食べないと体に悪いよ、美容によくないよ、頭わるくなるよ、と口々にススめるのだが、あまり言うと、シクシクと泣き出してしまう。

みかねて、私が口を出した。

「ひとみちゃんが自分にムリのない状態でいるんだから、ほっておいたら。私たちの常識から、あれこれ言ってヤラせなくてもいいんじゃないかなあ」

それは冷たい。無責任だ。私たちが世話をしなきゃ、この子がかわいそう、としっかり反発されてしまった。

そして、給食のメニューが合わないのかもしれないと、キムチを持ってきたり、タコ焼きを買ってきたり、ロールケーキを切ってくれたりしていた。しかし、ぜんぶダメだった。それじゃ、せめて牛乳でもと、わざわざフタを開けて、飲める状態にしてあげても、体が固まって一口も飲めない。授業のときとまったく違うようすに、みんな困ってしまった。

それからひと月ほどたった。ひとみちゃんは、食べないけれど、以前と同じくニコニコ顔でみんなの話を聞いていた。ひと言、ふた言、反応することもあった。

もう、ひとみちゃんが食べてるかどうかを、誰もまったく気にしなくなっていた。そんなある日、ひとみちゃんが牛乳を飲んだのである。ほどなく給食に手をつけるようになった。

なぜだか、理由はわからない。とにかく自然にそうなっていた。談笑しながらみんなで給食を食べる、それがあたりまえの風景になっていたのである。

ひとみちゃんが食べるようにと、だれもシツケていなかった。ひとみちゃんも、ガマンして食べるために努力精進したわけではない。みんながみんな、ムリのない自分の日々を過ごしていたら、こうなった。

つまりだれの手柄でもない。強制や指導のない場での自然のなりゆき。私は、人間って見事だなあ、といたく感動したものである。

生き方問答

六月、日ざしはずいぶん長くなって、午後五時ごろでも、外はまだギンギンに明るい。校庭では、昼間のサッカー部の生徒がボールを追って走っている。

そんな校庭を眺めながら、タモツさんとダイスケさんが話をしていた。私は教卓で教材の漢字迷路を作りながら、二人の話をなんとなく聞いていた。

授業前の、穏やかなひとときである。

のんびりした声で、タモッさんが言う。

「いくら考えたってサ、なんも腹のたしにはなんねえヨ」

ダイスケさんは、強い語調である。

「腹はいいの、ゲップがでるほど食べてんだから。問題はそのあと」

「あとって?」

「だから、お腹がいっぱいになったら、そのあとどうするか。ここがむつかしい」

「寝てればいいんじゃないの」

「ずっと寝てるわけいかないだろう」

「そーかなあ」

「そうだよ。人間は、ナンカ目的をもって、生きなきゃダメなの」

「どーして?」

「どうしてって、目的をもってナンカやんなきゃ、ナンのために生きてるかわかんないだろう」

「その目的ってサ、ナンなの? ナンカやんなきゃーって、ナニやんの?」

「それがわからないから、苦労してんじゃないか」

「そんなことで苦労しなくっても、いいんじゃないの？」

「そうはいかない。それじゃ人間、生きている意味がない」

「意味がないと、生きられないの？」

「あたりまえだろう。人間はほかの動物と違うんだから。生きる目的をもって生きる、これが人間なの」

「そんなに四角四面に考えなくても、いいんじゃない。ほっといても、おてんと様は出るし、月は出るし！」

「おてんと様はどうでもいいの。人間としてまっとうに生きるには、何をやればいいか。これなんだよ、問題は」

「そんなのムリして答えなくても、そのうちナンカやりたくなるよ。ほれ、ゴクツブシのオレだって、こうして、夜間中学にきてんだからさ」

二人の話のテンポが心地よい。ぶっきらぼうな感じだが、けっこうまじめで、相手を受けとめ、思いやるあたたかさがある。

二人は「生き方」を話題にしているのだから、ふつうに考えればシリアスな会話なのだ。だけど二人は、話自体を楽しんでいる風情がある。

コトバのキャッチボールである。会話が一種のレクリエーションになっているのである。いいなあ、と思う。

こんな会話は、つい先頃まで、どんな街角にも路地裏にも、当たり前のようにあふれていた。商店街で、公園の木陰で、銭湯で、おでん屋台や居酒屋で……。

いまは地域社会が崩壊し、核家族が常態化している。人間関係がぶつ切れになって、自己責任でストレスばかりため込む社会になってしまった。

こういう時代だからこそ、人と人をつなぐコトバが必要である。さりげない空気のようなコトバ。思いやるコトバ。思いを深めるコトバ。悩みを語るコトバ。夢をかたるコトバ。

ダイスケさんがいつも言っていた。

「コトバは、お金がかからない。〝しゃべり〟は、毎日の楽しみ」

そのことを、いま一度、思い出したものであった。

ピーヒャラ気分

夜になっても気温が下がらない暑い日、標識の勉強をしていた。

危険、注意、立入り禁止、横断禁止、非常口、消火器……。

どれも難しい漢字である。しかし、安全に暮らすためには、重要な文字である。「危険」が読めなくて、コンベアに手を突っ込み、親指を切断した人がいた。「禁煙」の掲示が読めなくて、その前でタバコを吸って警備員に殴られた人がいた。

いずれも、夜間中学生の話である。そんな悲惨なことにならないよう、暑いけど、がんばって勉強しよう。覚えよう。そんなことを言いながら、授業を進めていた。

しかし、暑さのためか私もみんなも、どうも気合いが入らない。扇風機は、なまぬるい室内の空気をかき混ぜているだけ。

金さんは、イスに片足を乗せたり、おろしたりしている。長い時間下げたままだと、足がだるくなるからだ、という。

ねじりはち巻きのダイスケさんは、うちわパタパタで、ため息ばかりついている。

ふあ〜、だれかがアクビをすると、アクビがみんなに伝染する。どうもシマらない。

ひとみちゃんは、目がとろんとしている。

タモツさんは、こっくり舟をこぎだした。

夏子さんが突然、立ち上がった。

「先生！　立ったままで授業を受けていいですか」

「それはかまわないけど、どうしたの？」

「眠気ざまし、です」

この暑さだ。それに仕事の疲れもでているのだろう。

みんながシャキっとする方法はないか。涼しくなる方法はないか。考えて、考えて、浮かんだのが、外に出ることである。

もちろん今は授業中。外へ遊びに出るわけにはいかない。そこで、学習している標識を、実際に見てくることにした。

机上の難しい学習は、たしかにあくびがでる。それより百聞は一見に如かずの、現場学習である。「外に出よう！」と言ったらみんなの目がパッチリ開いた。

他のクラスが授業をやっているので、お互いに「静かに！　静かに！　シィー」と言い合いながら廊下を歩いた。

外は夜風も少しあって、むわっとした室内よりは、はるかに解放された気分になった。区役所まで歩くことにした。学校から六分ぐらいの場所にある。

街路樹のハナミズキが街灯に照らされて美しい。住宅販売の会社にも自動車の修理工場にも、まだ明かりがともっていた。時おり車が横を通りぬける。レンタルビデオ屋さんの角を曲がったら大通りに出る。

そこから標識をさがした。すぐに、ひとみちゃんが「横断禁止」の標識を見つけた。夏子さんも「危険」と「注意」を見つけた。金さんは、二人が見つけたものを、立ち止まって読んではうなずいていた。

男性二人は、標識よりも居酒屋や食堂の看板や掲示物に興味を持っていた。清酒、焼酎、酎ハイ、もつ煮込み、大衆食堂、天丼、五目ソバ……。お互いに読み方を言い合っていた。読み方がくい違うと、「せんせー」と私を呼んだ。

区役所から学校へもどる道で、夏子さんが〝パッパ、パラパラ、ピーヒャラ、ピーヒャラ〃と小声で歌いはじめた。歌いたい気分だったのだろう。

それに金さんが〃ブーヒョロ、ブーヒョロ〃とふざけて合わせた。タモツさんは手拍子をとった。ダイスケさんがタコ踊りのまねをした。ひとみちゃんが声をたてて笑った。

教室では、ダウン寸前だった人たちである。

今は、学校への帰り道をみんなで楽しんでいる。ああ、いいなあ、と思った。私も〃ピーヒャラ〃気分になって、〃パッパ、パラパラ〃と弾むように歩いた。

タイのふるさと

九月になって日本語を中心に勉強しているクラスから、タイ人女性のマリカさんが移ってきた。日本語の会話がある程度できるようになったので、もっと幅広い勉強をするためである。

マリカさんは三十二歳。小柄でおっとりした感じである。靴を製造している店でパートとして働いている。夜間中学へは、日本人のご主人が電話をして連れてきたそうだ。二十歳年上のご主人はとてもやさしい、という。

マリカさんが、初めて私たちのクラスにきたときのこと。みんなに笑顔で「こんばんは！　よろしくお願いします」と言って、手を合わせて頭をさげた。その優雅なしぐさに、みんなうっとりしてしまった。

私はマリカさんの、あいさつと仕草を見て、とてもなつかしい気がした。私が子どものころは、まだ、こんなあいさつが日本の街にもあふれていた。

最近、みんなが顔を合わせたときに言っているコトバは、「ヤア」「オー」「オッス」が多い。慌ただしい世を反映してか、省略形である。「こんばんは！」も、言うことは言うのだが、慣れっこになって心がこもっていない気がする。

マリカさんに、自己紹介を兼ねてタイでの話をしてもらった。

マリカさんは、タイ北部の山岳地帯で育っている。そこは山と木がたくさんあり、畑もあるとても静かなところで、牛やアヒルやニワトリもいっしょに暮らしていた。ゾウも少しいたそうだ。

彼女が生まれて間もなく、お父さんは亡くなった。山仕事の過労が原因らしい。新しいお父さんも山仕事をした。

お母さんは畑で働き、採れた野菜を米と交換するため、遠くの村まで出かけて行った。子どものマリカさんもいっしょだった。山を越え、川の水につかりながら、何時間も歩いたそうだ。

楽しい思い出は、集落ぐるみでやったバッタ捕り。夜、火をつけた木を持って畑に行き、大人も子どもも大騒ぎでバッタを捕る。捕ったバッタはフライにして、みんなで食べた。おいしかったし、にぎやかで楽しかった。

弟、妹が生まれ、お母さんが畑仕事をしているあいだ、子守をした。やがて小学校に通うようなった。それでも学校から帰ると家の手伝いをし、おばさんの家の水汲みもした。

勉強は好きだったけど、四年と一ヵ月でやめた。本を買うお金も、学校の服を買うお金もなかったからだ。朝から晩まで一生懸命働いているお母さんには、言えなかった。

学校をやめたマリカさんは、畑や田んぼで働きだした。十一歳ごろの話である。

涙を浮かべ、ゆっくりゆっくり、コトバをかみしめるように話すマリカさんに、みんなはクギづけである。微動だにしない。授業終了のチャイムがなって、廊下で給食準備をする人の動きが伝わってきた。でも、だれ一人動かない。

この話の余韻にずっと浸っていたい。みんな、そんな思いだったと思う。私も、そうだった。でも、私は意を決して大きい声で言った。

「ありがとう!」

この声でみんな、はっと我に返ったようだった。

「ありがとう」「ありがとう」「苦労したんだね」「子どものころを思い出したよ」「アンタは、エライよ」

せきを切ったように、コトバが飛び出してきた。

タイは微笑みの国と言われる。そのやさしい国から日本にやってきたマリカさん、幼い日のツラサの何倍も何倍も幸せになってほしいと、心から思ったものだった。

答えはマイペンライ

タイ人のマリカさんが仲間に加わって、クラスはさらに活気が出てきた。彼女はみんなにも私にも、新鮮な驚きをもたらしてくれた。

例えば次のような、（　）の中に漢字を入れる問題をやったときのことである。

○夜間中学には（　　　）がある。

黒板に出て、答えを書いてもらった。

みんなは、かんたん、かんたんと言いながら、「黒板」や「時計」、「給食」や「遠足」などを書いていた。少し遅れてひとみちゃんが「夢」と書いた。すかさず、金さんが言う。

「夜間中学には夢がある、いいねえ。さすがひとみちゃんだ。若いから、夢は大きく持ったほうがいいよ」

「〃いつでも夢を〃って歌、あったよね」と、タモツさん。

夏子さんが、すぐ反応する。

「知っている！　♪星よりひそかに〜、雨よりやさしく〜。死んだ父がよく歌ってた……」

「夏子さんの父上は、ロマンチストなんだ」ダイスケさんが言う。

「なあに、ぐうたらな大酒飲みのバクチうち。家族にいっぱい苦労かけてさ……」

「バクチは男のロマンよ、なんてね。高倉健みたいだ。♪いつでも夢を〜」

金さんがあきれ顔で私に言った。

「バカバカしい。センセー、授業、授業！」

マリカさんが答えの最後になった。黒板にゆっくり、「先生」と書いた。

先生がある。ん？　これはオカシイと、声があがった。先生の場合は〃いる〃を使うよ。

先生がいる、って書くの。みんなが、口々に教えてくれる。

マリカさん、？である。

「どーして、先生と黒板では言い方が違うの。タイでは同じよ。どーして」

「どーして？」と言われて、みんな沈黙。私にもこれは予期せぬ質問、うなってしまった。

そして、苦しまぎれに答えた。

「生きているものの場合に〝いる〟を使うのかなあ。〝犬がいる〟とか。黒板は生きものでないから〝ある〟を使うみたいだなあ……」私は自信がない。すると夏子さんが、痛いところを突いてきた。

「先生！　草は生きているけど、〝草がいる〟って言いませんね」

なるほど。私は、あわてて辞書を調べた。

・いる……人や動物がそこにある。
・ある……そこに存在する。

そうか、生きているかどうか、ではなくて、動物（人も含む）か、それ以外かで使いわけているんだ。それをみんなに伝えた。

みんなはわかったようなワカランような顔をしていた。マリカさんだけが笑顔で、のんびりと言った。

「人間も草も黒板も時計も、みーんな命があるから、分けないで同じにすればいいのにネ。同じにしても、マイペンライね」

この場合のマイペンライは、〝問題ない〟くらいの意味か。

とにかくマリカさんは、わからないことや、不思議に思ったことは、何でも聞くし話をする。給食を食べながら、こんなことを言ったこともあった。

「尊敬する気持ちを表すために人や物に、〝さん〟をつけると習ったでしょう。金さん、とか薬屋さんとか。でも私の店の人は、『ありがとさん!』『ごくろうさん!』『おつかれさん!』と言ってるよ。あの〝さん〟はなあに?」

そんなこと、考えたこともなかった。当然、私にはわからない。そんなときの答えは、「マイペンライ!」。この場合は、〝気にしない、気にしない〟の意味である。

「どーして日本人は、暑い夏でも熱いお風呂に入るの。よけい暑くなるのに。タイでは水を浴びるよ。朝、仕事帰り、夕食後の三回ね」「どーして日本人は、夏でも汗をふきながら急いで歩くの。急ぐからよけい汗がでるでしょう。汗がでないくらい、ゆっくり歩けばいいのにね」

マリカさんのおかげで、授業や給食時間の話題がインターナショナルになった。タイの首都はバンコク。こんなの常識と思っていたら、マリカさんにかんたんにひっくり返されてしまった。

タイの首都の名前は、タイ語でクルンテープ（天使の都）と言うそうだ。二百年前に定められている。バンコクは、その昔、貿易船が休憩した村の名前で、以後も外国人が呼び続けている通称名だそうだ。

首都の名前が二百年も本名で呼ばれなくても、そんなことはタイの人々にとってマイペンライなのだろう。じつに寛容で、楽天的な国民である。

そんなこんなで、マリカさんの仲間入りは、私たちに異文化の刺激をいっぱい与えてくれた。

秋

コトバの哀楽

異文化の刺激と言えば、金さんもそうである。給食の時間に、自家製のキムチやコチュジャン（唐辛子みそ）を配ってくれる。これがまたおいしい。みんな、大喜びである。ひとみちゃんを除いて、みんな辛いモノが大好き。ダイスケさんもタモツさんも、「これに冷えたビールがあれば言うことない」と、いつも言っている。マリカさんも、みそ汁に唐辛子をふりかけるくらいだから、辛いのはマイペンライである。

「おいしい！」は、朝鮮語で「マシ　イッソヨ」と金さんに教えてもらった。タイ語では、「アロイ」だそうだ。「日本語では、うまかー、です」と、ダイスケさんがふざけて言った。

おいしい表現のレパートリーが広がるのは楽しい。

私は「いただきます」の朝鮮語も知りたいと思った。こっそり習って、金さんを驚かせたいのである。授業前に、韓国から渡日してきた若いお嫁さん生徒に頼んで、教えてもらった。

そして給食の時間になった。配膳が終わり、全員が席につき、いよいよ「いただきます」のあいさつである。私は大きく息をすいこんで、両手を合わせてきっぱりと言った。

「チャル　モッテッスンニダ」

みんなはきょとんとしている。金さんは、目をまるくして、それから顔をくしゃくしゃにして笑いだした。

「それ、〝ごめんなさい〟だよ。先生、なにか悪いことしたの」

笑いが止まらない、といった感じである。

「いただきます、を言ったつもりだけど！」

どうして〝ごめんなさい〟になるのか、私には見当がつかない。

「〝いただきます〟は、チャルモッケッスンニダと言うの。〝モッテ〟じゃなくて、〝モッケ〟。でも、〝ごめんなさい〟の発音はよかったよ」

金さんはまだ笑っている。みんなも笑っている。私は照れ笑いをした。金さんが言った。

「先生のはたんなる間違いだから、笑えるけどね。私にはどうしてもできないのがあるよ。それがつらい！」

すぐにわかった。「がっこう」が「かっこう」に、「ガラス」が「からす」になってしまうこと。〝ひらがな〟の練習のとき、何度もひっかかって、あきらめた発音である。銀が「きん」になり、金と区別がつかないこともあった。

朝鮮語には、コトバの最初に濁点のつくものがないからである。金さんのような在日一世のオモニは、いくら日本での生活が長くても、朝鮮式の発音で日本語を話すのである。

これは金さん一人の努力で、どうなるものでもない。朝鮮語と日本語の二重の言語体系の中で暮らさざるをえなかった、在日一世たちの苦難の歴史からきているからである。

金さんたち在日一世は、朝鮮語なまりがあっても、日本語の表現力は見事な人が多い。しかし高齢化して、その数が急速に減ってきている。話を聞く機会も非常に少なくなっている。残念なことだ。

私たちのクラスには、金さんがいる。授業中や給食時間に、日本で暮らす朝鮮人として、困難の多かった人生を断片的に語ってくれる。じかに在日一世の話が聞けるのはゼイタクなことである。幸せなことだと思う。

「〝サチスセソ〟の〝チ〟ができないよ」

マリカさんが、思い出したように言った。

たしかにマリカさんは、「私は知りません」が、「わたチはチりません」になってしまう。タイ語に〝シ〟の音がないからだ。

それはオレと同じだ、とタモツさんが言う。

「オレも〝ス〟がダメだから、スス、スンマイ、スンブンス、になってしまう」

「なに、それ」と、夏子さん。

ダイスケさんが、うれしそうに解説する。

「さあて、みなさん。哀れなタモツの悩みは、〝シ〟が〝ス〟になってしまうこと。スス、スンマイ、スンブンス、は、すし（寿司）、しんまい（新米）、しんぶんし（新聞紙）のことでございます。親の因果が子にむくい、〝スジ違い〟ならぬ、〝スシ違い〟になったのでございます！」

テキヤさん口調のダイスケさんにみんな大笑いで、この比較言語的話題はおひらきになった。

少しの想像力

「もう、バカかと言いたくなったよ」

珍しく早く教室に入ってきた金さんが、何やら怒っている。いつもの頭痛い、血圧が高い、を言わない。

「どうしたの？」と聞くと、「どーしたも、こーしたもないよ」と、話し始めた。

「つい先ほどまで、役所でカイゴなんたらの説明会があったよ。町会の役員さんが呼びに来たので行ったら、ケアとかステイとかコストとかのカタカナと、ほらこんなワケのワカラン漢字（居宅療養管理、認知対応型介護……）を黒板に書いて説明している。私はアタマにきて、『そんなカタカナや漢字のよそいきコトバじゃ頭のワルい私にはさっぱりワカラン。私らにわかるようにひらがなで説明して！』と、怒鳴ったよ。そしたら、説明していた人が『わかりました』と言って、黒板の漢字にひらがなで読み方を書きだしたよ。何考えているんだ。バカバカしくて途中から帰ってきたよ」

なるほど、金さんの「ひらがなで……」に込めた、〝やさしく、わかりやすく〟が伝わらなかったのだ。相手の立場にたって考えるという想像力が欠如していたのだ。

同じようなことが、私の学校でもある。先日、タモツさんがぼやいていた。

「新しくきた先生サ、プリントの字がこまかいの。字が小さくて読みにくいって言ったら、持っていた虫メガネを渡すの。次の日のプリントも小さい字だったから、読みにくいって言ったら、ああそうでしたネって、また虫メガネ渡すのよ。大きい字にしてくればいいのに！」

まだ気心が知れていない先生、みんなは遠慮があるので、私からプリントは大きい字にしてほしいことを伝えた。するとその先生、「虫メガネで熱心に勉強していたのでえらいなあと思っていたのですが、そうですか、びっくりしました」。

びっくりしました、と聞いて、私のほうがびっくりした。こんなこと、ほんの少しの想像力さえあれば問題ないことである。

「イヤだったこと」を授業中の話題にしてにぎやかにしゃべっていたら、めずらしくひとみちゃんが自分から話し出した。

「イヤだったことは、お母さんといっしょに買い物に行ったとき、高校の制服をきた女の子たちに笑われたこと。私がお母さんの服を握って歩いていたから。笑われると、もう、外に出たくなくなる」

すかさず夏子さんがアドバイスする。

「私が可愛いからあの人たちは笑っている、と思えばいいのよ。ひとみちゃんは可愛いんだから。そして笑い返してあげればいいの」

そうだそうだと、みんな相づちをうつ。ひとみちゃん、照れくさそうに笑っていた。

マリカさんが、思い出し笑いをしながら言う。

「私ね、タイの田舎に帰るでしょう。口の悪い男たちが私のこと、ブス、ブスって言うよ。ブスってタイ語で『キレー』だから、キレー、キレーってね。私は頭の中で『キレー』を日本語の『きれー（綺麗）』にかえてしまう。そうすると、タイ語の悪口、キレー（ブス）、キレー（ブス）が、『きれー（綺麗）、きれー（綺麗）！』になって、私はハッピー。笑顔でありがとう、ありがとう、と言うよ」

それはいい！　と、みんな大笑い。

ダイスケさんが立ち上がり、調子をつけて言う。

「〝ブスと見えるは心がブスで、きれいと見えるは心がきれい。心はありよう、気はもちよう〟ってネ。おっと、また豊かな教養を見せてしまった」

タモツさんが、ひと言。

「見せたのは、教養じゃなくて栄養だ！」これでまた、大笑いになった。

五分のたましい

さわやかな秋の日、赤い夕日に染まっている教室に入った。すると、「やあ！」と片手をあげる人がいる。マリカさんのご主人である。

マリカさんの隣に座って、ニコニコしている。

十日に一回ぐらい仕事が早く終わると、こうして教室にやってくる。そしてマリカさんの隣で、いっしょに授業を受けるのである。学校の授業が大好きなご主人である。

さてこの日は、それぞれの文字練習（ひらがな、漢字）のあと、前からやっている「ことわざ」の続きの授業をやることにした。

さっそく、「今日のことわざ」のプリントを配った。マリカさんのご主人にも配った。

○一寸の虫にも五分の魂（たましい）……小さい虫にも、それなりの心や意地がある。

○一寸さきは闇（やみ）……先のことはなにもわからないこと。

まず私のほうから、少し説明をした。

「一寸は、長さの単位。一尺の十分の一。約三センチ。小さいことやちょっとしたことの例えです。

五分は、一寸の半分、約一・五センチです。魂は、まあ心の働き、心と考えていいですね」

説明が終わるとすぐに、ダイスケさんが口火を切り、それからいつもの通りのにぎやかな授業になった。

「げすの一寸、のろまの三寸」「何、それ」「戸の閉めかただよ。閉めたつもりが、身分の低い〝げす（下衆）〟は一寸、のろまは三寸開いている」「一寸の虫と、どんな関係があるの？」「関係？　ないみたいだ」「関係ないのに、どうして言うのよ」「ちょっと言ってみたかったから。ゴメン」「一寸の虫って三センチでしょう。そんなに小さくないよ。ゴキブリぐらいだよね、ダイスケさん！」「げっ、ゴキブリはかんべんしてよ」「人間に比べて小さいってことでしょう。その小さい虫の半分がたましい」「すごいね、ゴキブリの半分がたましい」「だから小さい虫にも心や意地がある。バカにしちゃいけない。人間も同じだ、ということでしょう」「〝バカにしないでよ〜〟って、百恵ちゃんが歌ってた。ちょっと古いか」「このことわざ、なんかいいよね。一寸の虫って、オレたちのことみたいでサ、金もないし、字も読めないけど、バカにすんな。おれたちには体半分のたましいがある、いいね！」「次の〝一寸先は闇〟は、三センチ先がヤミということ？　三センチ先は、ほらあな？」「ヤミ市のヤミかな？　一寸先はヤミ市、三センチ先はヤミ市、なんか変だなあ」

ここで私が、「一寸は、〝いっすん〟以外に読み方があります」と言ったら、マリカさんのご主人がハイと手をあげた。

「それは、〝ちょっと〟と読みます。〝ちょっと待って〟の〝ちょっと〟ですから、長さではなくて、時間を表していると思います」

この的確な答えに私は感心してしまった。

みんなは拍手である。

「すばらしい！　みごとです。〝一寸先は闇〟の一寸先は、ちょっと先、これから先、将来のことですよね」

ここから、またみんなの意見や疑問が噴き出してきた。

「ということは、将来は闇、ということですか。説明文には、〝先のことはわからない〟と書いてありますが、先は闇だとわかっているんですよね」「見通しが暗い。絶望的だ」「このことわざは何を言いたいのかな?」「〝一寸先は闇〟だから、用心しなさい。油断をしちゃいけませんよ、ということでしょう」「何に用心するの?」「えーと、地震とかテロとか振込めサギとか……」「いや、お先真っ暗だから、今のうちにお金をためなさい、貯金しなさいって……、あれっ、銀行のコマーシャルみたいだ」「後悔しないように、♪遊びなさ〜い。ギャンブルしなさ〜い、だなあ」「だからサ、これから先は闇みたいでどうしようもないから、今のいまをたいせつに生きましょう、ってことじゃないの」「〝一寸の虫にも五分の魂〟のたましいを忘れないように生きなさい、ってオレたちを励ましてんだよね、せんせー」

授業のおもしろいところは、みんなでいろいろ言い合うところ。ああだこうだ、言いながら、間違いもいっしょに楽しんでしまうところ。

安心して楽しめると、次はもっと発見しよう、もっと楽しもうと、授業への関心が深くなってくる。こうなると生徒も先生も、幸せである。

「みなさんと魂ある勉強をさせてもらいました。気持ち全開でした。また来たいです。ありがとうございました」

マリカさんのご主人のあいさつである。

すばらしい時間

今日は学校公開日。授業参観の日である。

いつでも参観できるのだが、日を決めたほうが来やすいだろうと、設定してある。参観者は生徒の家族や友人、知人などだが、職場の人や近隣の学校の先生、夜間中学を支援してくれている人が来ることもある。

この日、私のクラスには七人の参観者があった。金さんの娘さん。夏子さんの二人の子ども。マリカさんのご主人。ひとみちゃんのお母さん。タモツさんが入居している福祉施設の女性職員。それに入学希望の六十年配の女性。

小さな教室に私を入れて十四人。教卓を廊下に出して、お互いの顔が見えるように机を真ん中に集め、それをとり囲むようにして座ってもらった。

すると、まだ全体であいさつもしていないのに金さんの娘さんが、「いつも、母がお世話になっております」と、持参したヤマほどのお菓子を配り始めた。それを「ありがたいわ」と夏子さんが手伝う。「私のも!」と、ひとみちゃんのお母さんも、リボンのついたおシャレな菓子箱を差し出す。

それじゃお茶をと、勝手を知っているマリカさんのご主人がロッカーを開けて、紙コップやティーパックをとり出す。マリカさんが「コーヒー? 紅茶? 日本のお茶?」と聞いて、ティーパックを配る。手際がいい。

紙コップもティーパックも以前に、マリカさんのご主人が差し入れてくれたものである。お湯はポットに入れてある。ノドが乾く金さんのためにいつも保温してあるのだ。

マリカさんから紙コップを受け取ったひとみちゃんは、お母さんに一つずつ渡す。お母さんが、それに慎重に湯を注いでいる。

ダイスケさんは、入学希望の女性に時間割や給食などの説明をしている。タモツさんは、福祉の担当者と話し込んでいる。夏子さんの子どもは漢字パズルに熱中している。

金さんは、娘さんに「あっちがたりない、こっちは同じものばかりだ」などと指図している。みんな、それぞれにいそがしい。

すぐ授業に入ろうと思っていた私は、予想外の展開にア然、ボウゼン。この事態をどう収拾し、どう授業にもっていけばいいんだろう、と考えていた。

するとマリカさんのご主人が、「先生！　準備が整いましたので、どうぞ！」と、大きく声をかけてくれた。それでみんなシーンとなって、私を見た。

「何はともあれ、乾杯ということで。では、今日、お会いできたことに乾杯！」

乾杯と授業参観とが、どうつながるのか見当がつかないが、とにかくなりゆきでこうなった。そしてまた、なりゆきで自己紹介へと進んだ。

金さんの娘さんが、「わがままな母で、ご迷惑をおかけしています。離れて暮らしているので、気がかりで」と、言った。金さんは、「娘はなんたらのデザインをやっています。私に似て美人ですが、四十過ぎてもまだ嫁にいきません。私も気がかりで」と、笑わせる。

ひとみちゃんは、「この学校は楽しいです」と言った。お母さんはみんなに、「ありがとうございます」と頭を下げた。

福祉の若い女性はタモツさんのことを〝オトウサン〟と呼んでいた。

「オトウサンは、前に軽い脳梗塞を起こしたことがあるので、健康だけが心配です」

オトウサンと呼ばれて、照れていたタモツさんが言う。

「いや、世話になっているオトウサンは五人もいるからね。この人もたいへんだよ。オレ、前にね、路上で寝ていたんだけど。道端で倒れちゃって救急車で運ばれて、そしていまこの人たちの世話になっているのさ」

次に夏子さんが話した。

「私は介護ヘルパーになりたくて、学校に来ています。子どもたちには寂しい思いをさせていますが、この子たちはよくがまんして、応援してくれています。

〝親はなくても子は育つ〟と言いますが、ウチの場合は〝親はあっても子は育つ〟です。子どもたちに感謝です」

夏子さんの子どもは、妹が学年と名前を言って座った。そのあと、中学二年の男の子が立った。

「えーとお母さんは、学校に行くようになって若くなったみたいです。お母さんにそう言ったら、あたりまえよ。今、小学二年生やってるんだから、と笑わせます。

お母さんはいつも明るいです。仕事して、学校行って、ぼくたちのことも考えて、大変ですけど、明るいです。いつも歌を歌っています。

ぼくは男ですけど、まだ子どもですけど、大人になったらお母さんみたいになりたいです」

これを聞いて、夏子さんが涙をこぼした。いつもキッパリした言動の夏子さんが、涙をぽろぽろ流した。

金さんも泣いた。男の子に「ありがとう」と言いながら泣いた。ダイスケさんも、「鬼の目、じゃなかった金さんの目に涙だ」と笑いながら、目をうるませていた。

夏子さんは悲惨な生い立ちで、経済的には今もきびしい生活をしている。でも、ウラミごとを言わないで楽天的で前向きである。

母親の、そのまっすぐなまなざしを見て、子どもは育っているのだ。夏子さん親子には、家族としての安心感や信頼感があると思った。

けっきょく、この時間は自己紹介だけで終わった。しかし、気持ちがあたたかくなるすばらしい時間だった。何かを教えなければ、形ある授業をしなければという、私の教師としてのあせりの気持ちはいつの間にか消えていた。

冬

さびしい欠席

今夜は冷える。外は小雨まじりの冷たい北風が吹いている。最悪のコンディションである。みんな口々に「寒い、寒い」と言いながら、教室に入ってくる。

帽子やマフラー、レインコートやダウンジャケットなどをハンガーに掛けると、すぐにストーブのそばに集まってくる。濡れた髪の毛を乾かしたり、かじかんだ手をかざしたりしている。金さんは、温かいお茶を飲んでいる。授業前のひとときで、いつもここでゆったりと世間話をする。

別のクラスの若者もよく顔を出す。ベトナム人や中国人だが、彼らのお目当てはひとみちゃんである。しきりにひとみちゃんの携帯電話の番号を聞き出そうとする。

ひとみちゃんは、ただにこにこ笑っている。ひとみちゃんをしっかりガードしているのは金さんである。金さんは彼らを、「ダメダメ、シーシー」と追い払う。

今夜も彼ら二人が通りすがりに、「こんばんは！」と教室に顔を出した。だけど、ひとみちゃんがいなかったので、「なあんだ」といった感じで、教室を出ていこうとした。

金さんが「せっかく来たんだから、ゆっくりしていきなさいよ」とニヤリ。マリカさんが「美女が三人いるよ」と言うと、夏子さんが「そうよ、私たち、びじょ、びじょ、よ！」と乾かしていた長い髪を前にたらして「ヒ、ヒ、ヒ！」っと笑った。

二人は「ギャー」と叫んで逃げていった。

そのあと、みんな大爆笑。夏子さんは、涙うかべて笑っていた。金さんは、笑いすぎて苦しい、と言っていた。

午後五時三十分、授業開始の時間になった。

しかし、ひとみちゃんはまだ現れない。どうしたのだろう。「先生！　なんか連絡なかったの？」とダイスケさんが聞く。

まったく、何の連絡もなかった。こんなことはいままで一度もなかった。何かの都合で遅れて来るのかもしれない。みんなにそう言って、しばらくようすをみることにした。

主のいない机がポツンと一つ。その後ろにあるひとみちゃんのロッカー、貼ってある子猫シールも寂しそうである。

廊下に足音が聞こえてきた。

足音が近づいてくる。

ひとみちゃんの足音か、耳をすます。

みんな、祈るような気持ちになる。

警備員さんの巡回の足音だった。

ストーブが、思い出したように、ゴーッという音をたてて室内に温風を送りだす。室内はぽかぽかと暖かい。

ひとみちゃんは、北風に凍えてくるのではないか。風邪でもひかなければよいが。早く来て暖をとればいいのに。

教室の前面に、書き初め用紙に書いた字がならんでいる。文化祭に展示した作品だ。一週間かかって清書にこぎつけたものである。

「いまが私の青春」(夏子さん)、「おしりふりふり学校へ」(金さん)、「私のふるさとはタイです」(マリカさん)、「一寸の虫にも五分の魂」(ダイスケさん)、「人生いろいろある」(タモツさん)

そしてひとみちゃんは、「楽しい学校」である。じっと見ていると、その、〝楽しい〟の〝楽〟という字が、だんだんひとみちゃんの顔に見えてくる。

この時間内に、ひとみちゃんは来なかった。

職員室にもどると、机の上にメモ書きがあった。

「ひとみは、カゼで熱が高いので休ませます」

お母さんからの電話伝言だった。

入学して半年、ひとみちゃんはいつの間にか〝いるのがあたり前〟の存在になっていた。欠席してはじめて、みんなの心のなかにひとみちゃんがしっかりいることがわかったのである。

少ない人数での仲間の欠席は、みんなを心配させ、無口にさせる。いつもはにぎやかな給食時間も、「疲れが出たんだよ」などひとみちゃんの話で沈みがちである。おしゃべりなダイスケさんもイマイチ冴えない。

こんな時、気分を明るくさせてくれるのは、夏子さんである。

給食の片付けが終わったら、夏子さんが明るい声で、「みんなで、ジャンケンしよう！」と言い出した。「ジャンケン？　なにそれ！」、男たちはすでにコシがひけている。

マリカさんは「ジャンケン、私強いよ」と目を輝かせる。

「男組と女組に分かれて、一人ずつで勝負します」ということで、マリカ、夏子、金女組と、ダイスケ、タモツ、私の男組との、世紀のジャンケン対決（あっちむけホイ）となったのである。

ジャンケンで勝った人が、相手の顔の向きを指で〝あっちむけホイ〟と指示する。左右上下のいずれかである。相手はその指示通りに顔を向けたら負け、というルールである。

最初はジャンケンなんて幼稚っぽいと思っていたが、これがまた面白いのなんの、すっかりハマってしまった。

みんなではしゃいでいたら、いつの間にか例の若者二人もやってきて、ジャンケンの渦のなかにしっかり入りこんでいた。

日本人・朝鮮人・タイ人・中国人・ベトナム人がいっしょに遊んでいる。年配者も若者もいっしょに笑い転げている。それが何とも言えずのどかで自然体である。

東京の下町の、小さな夜学の小さな教室。

「また、明日」と、みんなは氷雨のなかを帰っていく。

明日は、天気になるだろうか。

明日は、ひとみちゃんが登校できるだろうか。

それぞれの歩み

ひとみちゃんは十日間休んで、また笑顔で登校してきた。みんなは十年ぶりに会うような、喜びようであった。金さんは、「うれしくて、頭痛も肩コリもすっ飛んだヨ」と言っていた。

ダイスケさんが、「ちょっと見ない間にきれいになったねぇ」と目をほそめる。タモツさんもあわてて「ちょっと見ない間に大きくなったねぇ」と言う。

するとマリカさんから「大きいはおかしいよ。太ったみたいになるでしょう」と言われてしまった。「あっ、そうか」とタモツさん、頭をかきながら「しかし、外国人なのによく言葉がわかるなあ」と、感心していた。

ひとみちゃんが復帰して三日後、六十歳の日本人女性が入学してきた。授業参観のときに来ていたテル子さんである。

「あの日みなさんのお話を聞いて、一刻も早くこの学校に入学したいと思いました。来年三月で退職だったのですが、会社に無理を言ってこの十二月でやめました。何かとご迷惑をおかけすると思いますが、よろしくお願いします」

礼儀正しいきちんとした話し方をする人である。新入生といっても見覚えがあるので、そんなに緊張感はない。金さんが気楽に聞く。

「あんた、年いくつ?」

「六十になります。年ばかりとって、内容が伴いません」

「六十! 若いネー、いいねー、今からだったら、なんだってやれるよ。私? 私は三十七歳、いや、ウソウソ、七十三歳の花ざかりよ。チェジュ（済州島）で生まれて、海でキョロキョロ、おかでウロウロ、ここは娘が教えてくれたよ。天国だよ。気持ちよくてアタマは寝たまま、起きてこないんだよ」

ダイスケさんが話をひきとる。授業参観の日、テル子さんに学校のことを説明していたので、一番の顔見知りである。

「私は六十五歳、花の独身、年金暮しでございます。プレス工場で六十三歳まで働き、工場が移転したのを機会にやめました。口は達者ですが、字は書けません。恥はいっぱいかいていています」

「へえー、ダイスケさんは独身だったの」と、夏子さん。

「いや、まあ、五年前に妻が亡くなり、今は独身ということで、日々学問に精進しております、ハイ。ちょっと、タモツさん、なんか言ってよ」

「あっ、私ですか。タモツです。旅から旅の風来坊です。路上生活三十年、昼眠り、人目を避けて夜歩き、体をこわして足を洗いました。字、まったくダメです。お酒もタバコもやりません。イヤ、お酒は少しやります。ハイ、つぎは夏子さん」

「私は夏子です。特にありませんが、中学生の時は深夜のスナックで働いていました。

お金は残らず父親が酒、パチンコ、競馬に使い、あとはサラ金に追われる生活でした。私もグレて、児相（児童相談所）や鑑別所の世話になりました。子どもが生まれて、目が覚めました。

親として、人間としてまともに生きようと思いました。お金がなくても、ごはんに塩かけて食べても、子どもの目を見て、愛情深く育てようと思ったのです」

遠くを見るまなざしの夏子さんは、でもキッパリと言う。もう涙ぐんでるマリカさんが続ける。

「私もシンパイなこといっぱいあったよ。いまもあるよ。でもダイジョウブね。みんなにゲンキ、ユウキもらっているから」

それぞれが、自分の人生をさりげなく語る。泣き言は言わない。むしろ生き抜いてきた気合いとか自信がにじみでた語り口である。

それは相互に信頼があるからの語り口なのであろう。もちろん信頼は即席にはできない。共に過ごした月日の重なりのなかで熟成されていくものだ。

その熟成されていく歳月が、この教室にはゆったりと豊かにあったということだろう。

ひとみちゃんは、こう話していた。

「カゼで休んでいたとき、マンションのベランダから学校の方ばかり見てました。明かりがつくと、学校始まるなって、そしたらみなさんの笑顔が浮かんできて、涙が止まらなかったです。

わたしはずっと学校に背をむけてきました。学校はこわい所でした。でも、いまは学校が楽しいです。みなさんに会うのがうれしいんです」

気弱なサミーと母親

授業中に教室のドアをノックする音がする。ドアを開けて廊下に出てみると、茶髪の若い男の子が不安げな顔で立っていた。東南アジア系の顔立ちである。

「あのー、すみませんけど、あのー、ここの学校に入りたいんですけど……」

おどおどしたようすで言う。着ている黒のジャンパーには金色の虎が吠えていた。私は入学担当だが、この若者とは初対面だし事前に連絡を受けていなかった。しかも、今、授業中である。しかしこの若者はやっとの思いで来ている……。私がちゅうちょしていると、すかさず金さんの声が飛ぶ。

「そんな寒いとこで、ゴチャゴチャしてないで、なかに入りなさいよ。なかは狭いけどあったかいヨー」

みんなも、口々にそうだそうだ、と言う。ところが彼は外履きのままであがってきていた。玄関の「土足厳禁」の標示が読めないのだ。仮に読めても意味はわからないだろう。学校の玄関で上履きに履き替えるという習慣は、日本独特だからである。

いっしょに玄関まで行き、スリッパに履き替えてもらった。彼は泣きそうな顔で、「すみません」と何度も言っていた。かなり緊張しているので細かい話はあとにして、とりあえず教室で休んでもらうことにした。教室に入ると、彼のために机とイスがダイスケさんの横にしっかりと用意されていた。ストーブのそばである。ダイスケさんが彼を手招きして言う。

「ここで、ゆっくりしていきな。暖まっていきな。最初は誰でも緊張するもんよ。オレなんか、ここの門をくぐるのに五日もかかったよ。門を入る勇気がなくて、校舎をぐるっとまわってトボトボ帰るのさ……」

そうだねえ、と、みんなは初めて夜間中学を訪ねた日を思い出している。金さんが、笑いながら言う。

「最初の日、学校の玄関あがったけど、どこへ行ったらよいかワカランの。案内板はあるけど、ひらがなも読めないからね。目の前にピンク電話があったので、夜間学校に電話かけたさ。そしたらこのセンセーが、そこ動かないで、じっとしていてって。受話器を置いたとたんに、センセー、走って現れてね。ああ、よかった、無事でよかったって。私もヘンだけど、このセンセーもかなりヘンだと思ったよ」

みんな大笑い。そういうこともあったなあ、と私もなつかしく思い出した。ダイスケさんは、若者にいろいろ聞いている。そして若者が小声でぼそぼそ答えたことを、みんなに教えてくれる。

名前はサミー、フィリピン人、十七歳、フィリピンでは、祖母と暮らしていた。生活が苦しいので、中学は途中でやめた。一年前に日本に来た。母親は日本人と結婚して三歳の女の子がいる。地元の中学校に母親と入学相談に行ったら、年齢オーバーだと入学をことわられる。ボランティアがやっている日本語教室に週二回通っている。

それにしても日本語が上手だ。渡日一年でダイスケさんの話がだいたいわかる。家では祖父母もいて、すべて日本語で生活しているそうだ。サミーは、高校に行きたいと思っている。でも中学を卒業していない。それで、ボランティアに聞いた夜間中学を訪ねてきた、というわけだ。

「ちょっと、この子、汗流しているじゃないの。ストーブのそばじゃかわいそうよ、年寄りじゃないんだから。こっちにおいで！　こっちが涼しいよ！」

夏子さんがサミーを呼ぶ。マリカさんも「こっちが、いいよ」と言う。「ジャンパー、着ているからだよ。脱げばだいじょうぶだよ」とダイスケさん。「そうだ、そうだ」とタモツさん。サミーの争奪戦になってしまった。金さんは関心ない、テル子さんはアラアラ、ひとみちゃんはニコニコといった感じである。

私はいつもの通り立ち往生。でも、何か言わないと収まりがつかないので、「ここはサミーの気持ちが大事だから……、サミー、どうする？」と聞いてみた。

サミーはもじもじしている。

「フィリピン人ってサ、にぎやかで陽気だと思っていたけど、この子は地味でナイーブなのね。なんか不思議」

「そらあ、フィリピン人だって、悪ガキもいれば、泣き虫だっているだろうよ」

「サミーは、タイ人みたいにおだやかよ」

「タイ人だって、にぎやかなのいるじゃないか」

みんなが話し出すと止まらない。サミーは飛び交う会話の中で消えそうにしている。するとキムさんが、ピシャリと言った。

「この子を真ん中に座らせばいいのよ。ひとみちゃんのとなり。そうすれば、暑くもなく寒くもなく、ちょうどいい」

なるほど一件落着、と思ったところで、廊下で女の人の叫ぶ声がした。誰かを呼んでいる。絶叫に近い。その声が教室に近づいてくる。今は授業中である。廊下で大声を上げるなんて近年なかったことだ。何ごとかと私は教室のドアを開けた。と同時に、サミーが「ママ！」と言いながら、廊下へ飛びだした。

廊下で女の人はサミーに突進して抱きしめた。そして泣きながらサミーを叩いている。何を言っているのかわからないがワアワア泣きながら叫んでいる。サミーは叩かれながら泣いている。その迫力に圧倒されて、私も教室のみんなも、言葉が出ない。

となりの教室からも、そのとなりの教室からも、先生や生徒たちが心配そうに顔を出す。私はだいじょうぶだからとサインを出し、とりあえず二人を教室に入れた。お母さんは涙が止まらない。顔をぐしゃぐしゃにして泣き続ける。マリカさんが、もらい泣きしている。夏子さんも、彼女にティッシュを渡しながら、目を潤ませている。サミーはみんなに「すみません」を繰り返している。

いったい何がどうなって、こうなったのか。今日、お母さんが仕事を終えて家に帰るとサミーがいない。どこへ行ったのか祖父母もわからない。ボランティアの人は、最近、夜間中学に行きたいと言っていた、と言う。サミーはボランティアの日本語教室に行く以外は、家に閉じこもっていた。友だちもなく、義理の父親とは折り合いが悪い。フィリピンでは仕事がなく、育ててくれた祖母は高齢になっている。

サミーは、日本にもフィリピンにも居場所がない。ここ数日間、生きていてもつまらない、死にたいとお母さんにこぼしていた。そして、今日である。サミーが家出をした、危ないと、お母さんはすっかり動転してしまったのだ。

お母さんが落ち着いてきたので、度肝を抜かれていたみんなが、やっといつもの調子で話し始めた。ダイスケさんがていねいな言葉で言う。

「いくら親子でも、暴力はいけないと思いますけどね。日本では体罰は禁止されているんですよ」

「フィリピンでは、あたり前です。この子は親にこんなに心配をかけたんだから、あたり前なのです。私はこの子の親です。この子を愛しています。そして、私もこの子も、フィリピン人です。フィリピン人として生きていくのです」

この凛《りん》としたお母さんの言葉は、みんなの心にしっかり響いた。たぶん、このときみんなは、自分の親のことや、自分の子どものこと、そして自分の国のことを思っただろう。私も、親の愛や、日本人としての誇り、について考えたものである。

ところが、この凛としたサミーのお母さん、よほど気が動転していたようで、スリッパのまま家を飛びだしていた。そのことにまったく気がつかない。帰るときに玄関で自宅のスリッパを発見して、はじめて気がつき大笑いした。そして、そのスリッパのまま、サミーと腕を組みスタスタと帰って行った。

それを私とともに見ていたタモツさん、「スケールが違う」とうなっていた。

ごちゃまぜハロハロ

気弱なサミーは、私のクラスに入学してきた。席は真ん中、ひとみちゃんのとなりである。これで私のクラスは、十代二人、三十代一人、四十代一人、六十代三人、七十代一人の八人になった。男性三人、女性五人、国籍は、日本、朝鮮、タイ、フィリピンの四カ国である。

サミーはクラスの雰囲気になれてくると、いろんなことを話してくれた。日本に来たとき、とても清潔できれいな国だと思った。だけど町が静かで寂しい気がした。フィリピンでは、家の外や道路や広場でパーティーやダンスをやったり、酒を飲んだり、立ち話をしたりする。子どもも道路でボールを蹴ったり、走ったりしている。にぎやかだ。

日本人は、みんな家の中に避難しているみたい。子どもが学校から帰ってきても、遊ばないで、また学校みたいなところへ行っているのに驚いた。日本が寒いのにもビックりした、などと言う。

話を聞いているうちに、サミーはじつは人なつっこい若者なのではないか、と思うようになった。覚醒剤中毒で暴力の絶えない父と別れた母は、幼いサミーを祖母に預けて生活の糧を得るため日本に来た。祖母はその仕送りだけでサミーを育てていた。

サミーにとって父のことはタブーだった。日本で再婚したという母のことも誰にも話せなかった。寂しさだけを募らせる日々ではなかったか。そのうえ、言葉も風俗・習慣も異なる日本で、義理の父や祖父母との生活である。多感な年頃のサミーは孤立感を深めて無口になっていったのだろう。

夜間中学でサミーは、じょじょに明るくなっていった。そして、他のクラスと合同の体育の時間、バスケットボールを通して、中国やベトナムの若い生徒たちと仲良しになった。サミーはバスケットボールが得意である。小さい頃からストリートバスケ（路上バスケットボール）で遊んでいたからである。

そんなある日、サミーのお母さんがトゥロンという揚げ春巻きをヤマほど持ってきてくれた。仕事が休みだったのでがんばって作ったという。サバという料理用のバナナを春巻きの皮で巻いて揚げたモノである。フィリピンでは、おかずやおやつとして広く食べられているそうだ。

珍しいフィリピンの食べ物、量も多かったので、隣のクラスにも声をかけた。もちろん隣のクラスの生徒も先生も大喜び。イスを持って、集まってきた。せっかくなので、サミーのお母さんにフィリピンについて話をしてもらった。サミーのお母さんはフィリピンの大学を卒業している。しかし就職口がなくお手伝いさんなどの仕事を転々としていたのである。

フィリピンは、七千の島と百の言語からなる。人口七千万人。八五パーセントがカトリック教、四パーセントがイスラム教。国語はタガログ語をベースにしたフィリピーノ語。公用語は英語。スペインの植民地として三百五十年、二十世紀に入りアメリカの統治となり、一九四六年独立。マレー文化を土台に、アラブ、中国、欧米、日本と外来の文化を受け入れ混じり合った独特の文化を形成している。

外国人にフレンドリーな国で、日本人もすでに一万人以上住んでいる。手つかずの自然もそのまま残っている。でも、日本でのフィリピンの印象は良くない。ドコカ見下げたような感じさえ受ける。成田からマニラまでは、飛行機で三時間半。こんなに近いのに、日本人にはハワイよりもニュージーランドよりも遠い国なのではないか。

このような話であった。そして、フィリピンのデザートにハロハロがある。ハロハロは「ごちゃまぜ」の意味である。日本の「氷あずき」にアメリカの「フルーツパフェ」、フィリピンのナタデココやウベ（紫イモ）などをミックスしたような、夏向きのデザートである。多種多様だからおいしい、雑多だから味がある、と付け加えた。

私は深く感じいった。日本は急速に同質化している。異質の排除感が強い管理社会になっている。サミーのお母さんは、そんな日本への鋭い問題提起をしてくれたのだ。夜間中学では国籍も年齢も学力も異なる人たちが学んでいる。まさにハロハロである。そのハロハロが、私たちの学校の持ち味であり活力の元なのだと、再認識したのである。

ところでトゥロンである。サミーのお母さんが作った野菜バナナの揚げ春巻き。これがほんとうにおいしかった。何と表現すればいいのか、マロンみたいなバナナ、イヤ違うな。おいしかった証拠に、味にうるさいお母さん生徒たちが、サミーのお母さんを取り囲んで質問攻めにしていた。それをサミーは、さわやかな笑顔で見つめていたのである。

ひとみちゃんの一歩

冬休みが終わって、三学期がはじまった。みんな元気に登校してきた。ひとみちゃんはビッグニュースを伝えてくれた。三日前から、学童クラブへ通っているというのだ。「ただ遊んでいるだけ」とはにかんで言うけど、私たちはひとみちゃんの新たな歩みに大喜びだった。

学童クラブの若い女性指導員が二学期末に、私たちのクラスで一日を過ごした。その女性は何か思い詰めているようだったが、多くを語らなかった。ただ、ひとみちゃんとずっといっしょだった。その人に「ぜひ学童クラブに遊びに来て」と誘われたらしい。

年が明けて、学童クラブの初日、ひとみちゃんはお母さんといっしょにその学童クラブに行った。そして次の日からは一人で出かけ、学童クラブで二時間ぐらいを過ごしているのだそうだ。「学童の子どもたちは、まとわりつくし、走り回るし、うるさいし、でもトッテモ楽しい」という。そして、こんなエピソードを話してくれた。

学童クラブ初日に、ひとみちゃんに子どもたちが話しかけて来た。

「お正月、お姉ちゃんはどこに行ったの?」「ウチにいたよ」「ダセー! ボクんちはオキナワに行ったよ」「私はヒロシマのおばあちゃんち」「ボクは、ディズニーランド」「オレ? オレは、えーと、フロリダ」「おねえちゃん、フロリダってどこ?」「うーん、アメリカのどこか」「スゲー、ソコで何やってたの」「パチンコ!」

胸を張って答えているワンパク少年の顔に、ひとみちゃんは笑いが止まらなかった。確か駅前に、「フロリダ」という名のパチンコ店が開店したばかりだった。

この話を聞いて、ダイスケさんがうなった。

「そのフロリダ少年は、エライ! 大物になる。オレの小さかったころにそっくりだ」

「ダイスケさんにそっくりだなんて、その子に失礼よね」

「子どもはたくましい。そのたくましさを大人たちが奪っている。エサを与え続け子どもをブロイラーにしているのだ。だらしないのは大人だ」

「ダイスケさん、気合いが入っているね」

「ひとみちゃんがいっぱい話してくれたから、うれしくてしかたがないのよ」

ひとみちゃん、みんなのやり取りをいつものニコニコ顔で聞いている。

「子どもは親の背中を見て育つ、というでしょう」

物静かなテル子さんがポッツリと言った。

「えっ、背中を見て育つ？　背中見たって、何もないでしょう。寂しいだけですよ、へンですね」

サミーが、すっとんきょうな声をあげる。気弱なサミーも、最近は会話の中にポンポン入ってくるようになった。

テル子さんの代わりにダイスケさんが言う。

「だから、背中というのは苦労のことなの。親が苦労している姿を見ていると、子どもはいい子に育つ、そういうことなの、ワカル？」

「それなら、子どもは親の苦労を見て育つ、とハッキリ言えばいいのに、背中と言うかららわかりにくいネ」と、サミー。

「まあ、親の苦労を見て、落ち込んだり、ひねくれたりする子もいるわけだから、善し悪しだね」と、これはタモツさん。

テル子さんが、またポッツリポッツリと話す。

「私はこの年になって、つくづく思うの。子どもは親の背中を見て育つのではなくて、親の目を見て育つんじゃないか、ってね。親の目、ね。この間のサミー君のお母さんの真剣な目を見て、私は強くそう思ったわ」

「親の目を見て育つ、かあ……」

夏子さんが、遠くを見るまなざしで言った。みんなも、ふあっとやさしいまなざしになって、おだやかな沈黙が続いた。ひとみちゃんがポロッとつぶやいた。

「おなかすいた……」

ひとみちゃんの甘えるようなひとことに、みんなは瞬間、息をのんだ。ひとみちゃんが、「おなかすいた」と甘えるような声で言っている。私は耳を疑った。そして、金さんの「いい子だから、もう少ししんぼうしなさいね」の声に、涙があふれてしかたがなかった。夏子さんは目をウルウルさせている。タモツさんは泣き笑いをしている。ダイスケさんは、窓の方に顔を向けている。その肩が震えていた。

あとがき――路上の励まし

ある日曜日の朝、学校へ向かった。日曜日の午前中しか時間がとれない、という人からの入学相談があったからだ。午前十時に学校で待ち合わせをした。

早めに自宅を出たのだが、途中で電車のトラブルがあり、学校のある駅に着いたときは、約束の十分前になっていた。学校は駅から歩いて六分ぐらいである。どうやら間にあった。

改札口を出ると、駅前の路上に四、五人の若者が、円陣を組むように座り込んでいた。茶髪や長髪の男の子たちである。足元にカップ麺の容器やペットボトルを置いている。派手な色柄のシャツを着ている者。裾すり切れ、ヒザ破れたジーパンをはいている者。そこだけ異様な雰囲気が漂っている。私はその横を足早に通っていった。すると突然、その円陣の若者から声をかけられた。

「運ちゃん！　運ちゃんじゃないの！　何してんの、朝から」

振り向くと、サングラスを手にした茶髪の若者が立っていた。三年前に夜間中学を卒業した生徒である。どちらかというとのんびりマイペースというタイプだった。卒業後は消息が途絶えていた。

「びっくりしたなあ、もう！　何してんのって、コッチが言いたいヨ。今まで何やっていたんよ。連絡もよこさないで。心配していたんだぞ」

思わず大きな声を出してしまった。

「そんなにポンポン言わないでよ。オレにもいろいろ事情があってサ、話せば長いことになるから、まあ、運ちゃん、ここに来て座ってよ」

平気でそんなことを言う。

「あのね、学校で入学相談の人が待っているの。今、急いでんの。地元にいるんだったら、学校に顔を出してよ。電話だってできるだろう」

私は語気強く言った。チラリ見えた駅の時計が、約束の午前十時に近づいていたのである。あわててその場を去った。背後に彼の、精一杯の大声が聞こえてきた。

「運ちゃ〜ん、相変わらず大変だね。でもサ、人間まじめにやっていれば、そのうちナンカいいことあるからネ、……」

なんということだろう。彼が、私を励ましてくれている。あべこべではないか。私はびっくりしてしまった。

服装から生活がだらしなく見えても、彼には路上の仲間がいる。その仲間とともに彼なりの今を生きているのだ。そこからのあたたかいエールである。学校へ急ぎながら、私は目頭が熱くなってきた。


人は誰でもすばらしい。人は誰でもおもしろい。人は誰でも哀しい。だから、人がいる所はどこでも、じっと心をすまして見つめれば、人としての奥深い営みや味わいがある。人との何げない関わりや、ありふれた日々の暮らしのなかに、素朴な発見や感動がある。

その素朴な発見や感動にひたる時間、人としての営みに思いをはぐくむ時間、自分が自分になれる時間、それはすてきな「ハッピーアワー」ではないか。

私にとっては、この本の原稿を書いているときが、「ハッピーアワー」そのものだった。とても楽しく充実していた。書く機会を与えてもらったことに感謝している。

ひとなる書房代表の名古屋研一さんには、あたたかい激励をいただいた。担当の名古屋龍司さんには、前作『幸せになるための学校』と同様、誠実で丁寧な心配りとアドバイスをいただいた。見事な装丁、装画の山田道弘さん、おのでらえいこさんにもお世話になった。記してお礼を申し上げたい。

この本をよんでくださる方々にも感謝しながら、ペンを置くことにする。

なお、本書の登場人物は一部を仮名にしている。また本文の一部は『公評』や『日本の学童ほいく』、私の個人通信『路地裏通信』に掲載したものを加筆再構成したものである。

松崎運之助

二〇〇七年七月

松崎運之助（まつざき　みちのすけ）

1945年 中国東北部（旧満州）生まれ
中学卒業後、三菱長崎造船技術学校、長崎市立高校（定時制）を経て、
明治大学第二文学部を卒業。
江戸川区立小松川第二中学校夜間部、足立区立足立第九中学校勤務を経て、
足立区立第四中学校夜間部勤務。
2006年 定年をもって退職。

＜著書＞
『夜間中学―その歴史と現在』（白石書店）
『学校』（晩聲社）
『青春』『人生―我が街の灯』（共に、教育資料出版会）
『母からの贈りもの』（教育資料出版会）
『幸せになるための学校』（ひとなる書房）、他多数。

ハッピーアワー

2007年８月15日　初版発行

著　者　松崎運之助
発行者　名古屋研一

発行所　㈱ひとなる書房
東京都文京区本郷２－17－13
広和レジデンス１Ｆ
TEL03（3811）1372
FAX03（3811）1383
e-mail：hitonaru@alles.or.jp

印刷・製本／モリモト印刷株式会社

「涙なしでは読めない…」と新聞各紙で絶賛！

ひとなるブックレット①

幸せになるための学校

松崎運之助　著

山田洋次監督の映画「学校」のモデルの一人にもなり、長く夜間中学での教育に関わってきた著者が心をこめて、子育てに悩んでいる親・教師・保育者へ贈るメッセージ！「いのちへのまなざしこそたいせつ」と、人として「在る」ことの素晴らしさを、今、語りかける。

ISBN4-938536-94-3　定価714円（税込）　ひとなる書房